Francis Durbridge
Dreimal Tod im Radio
Mord in der Botschaft
Mr. Lucas
Die Caspary-Affäre

(Murder in the Embassy / Mr. Lucas / The Caspary Affair)

Originalmanuskripte zu drei Kriminalhörspielen

aus dem Englischen übersetzt von
Dr. Georg Pagitz

mit einem Vor- und Nachwort des Übersetzers

– Williams & Whiting –

Von Francis Durbridge sind bereits bei Williams & Whiting erschienen (Bandnummer in Klammer):

Coverdesign: Timo Schröder

ISBN 9781915887757

Williams & Whiting (Publishers)

15 Chestnut Grove, Hurstpierpoint, West Sussex, BN6 9SS, England

Inhalt

Vorwort
von Dr. Georg Pagitz

Francis Durbridge (1912–1998) war ein multimedialer Autor,
der sich vorwiegend auf Rundfunk und Fernsehen sowie auf
das Theater fokussierte (sowie teilweise auf den Film). Seine
Stärke war die eines Dramatikers: Handlung, Plot und Dialoge, während er das erzählende Beschreiben weniger bevor-
zugte. Zwar gibt es insgesamt 41 Romane, diese sind aber zu
einem Großteil nur Verschriftlichungen seiner Drehbücher
und Manuskripte für Radio, Film und TV.

Durbridge war ein Meister des Cliffhangers, nur wenige
beherrschten es so wie er, unerwartete Ereignisse und Überraschungen in die Geschichten einzuweben. Damit war er prä-
destiniert für das Genre des Serienkrimis, der sich über viele
Folgen erstreckte und das Publikum immer wieder mit neuen
Wendungen verblüffte, ehe in der letzten Episode der Täter
(oder die Täterin) entlarvt wurde. Im Laufe der Jahre entstanden so zwischen 1938 und 1968 20 mehrteilige Paul-Temple-
Hörspiele für das Radio und zwischen 1952 und 1980 20
mehrteilige Fernsehkrimis für das englische Fernsehen. Viele
davon wurden auch im Ausland mit einheimischen Stars er-
folgreich produziert.

Francis Durbridge machte erstmals von sich reden, als er
– nachdem er schon kurze Sketche und Hörspiele verfasst
hatte – für die BBC das Stück *Promotion* schrieb. 1934 ausgestrahlt, wurde das Stück über das Leben in einem Großkaufhaus zu einem riesigen Erfolg, der 1935 die Fortsetzung
Dolmans nach sich zog.

Wie alle anderen Hörspiele dauerten diese Produktionen
meist nur 60 Minuten. Erst mit *Send for Paul Temple* – im
Jahr 1938 der größte Erfolg der BBC bis dahin – stieg

7

Durbridge ins Serienbusiness ein und erzählte seine Geschichten in Mehrteilern.

Zuvor hatte er für viele damals so populäre Radiomusicals die Texte geschrieben und sich auch schon mal im Krimifach erprobt. 1934 lief mit *Murder in the Midlands* sein erster Radiokrimi, der 1945 in überarbeiteter Form nochmals als *Over My Dead Body* produziert wurde (unter anderem 1963 in der BRD als *Nur über meine Leiche* unter der Regie von Hans Quest mit Jürgen Goslar und Marianne Mosa vertont, sowie 1964 unter dem gleichen Titel unter der Regie von Wilm ten Haaf mit Peter René Körner und Ricarda Krauf-Brenndorf). Auch das in diesem Band befindliche Hörspiel *Murder in the Embassy / Tod in der Botschaft* (1937) war schon ein Krimi.

Die Krimieinteiler von Francis Durbridge sind weniger bekannt, auch wenn einige davon in der BRD vertont wurden. So zum Beispiel 1951 *Bahn frei für Anthony Sherwood*. Dies war allerdings nur die erste Folge einer achtteiligen Radioserie mit abgeschlossenen Folgen namens *And Anthony Sherwood Laughed* aus dem Jahr 1940. Der einteilige Durbridge-Krimi *What Do You Think?* aus dem Jahr 1961 wurde im deutschen Sprachraum gleich drei Mal vertont: 1961 als *Zu viele Geständnisse* vom NDR, 1962 als *Der Fall Greenfield* vom SDR und im selben Jahr auch vom BR unter dem Titel *Kaum zu glauben*. Dies war auch der Titel der Schweizer Produktion, die schon 1961 auf Sendung ging. Die oben weiter erwähnten SDR- bzw. SR-Produktionen *Nur über meine Leiche* bildeten den Abschluss der deutschen Einteiler, ehe 2021/22 die zwei einteiligen Paul-Temple-Specials *Mr. and Mrs. Paul Temple* (aus dem Jahr 1947) und *Paul Temple and Steve Again* (1953) von Pidax/HNYWOOD unter den Titeln *Paul Temple und der Fall McRoy* bzw. *Paul Temple und der Fall Westfield* produziert wurden.

In diesem Band befinden sich drei Durbridge-Einteiler, die (bisher) nicht auf Deutsch als Hörspiel inszeniert wurden. Die Originalmanuskripte von Francis Durbridge wurden dafür erstmals übersetzt. Es handelt sich dabei um *Mord in der Botschaft* aus dem Jahr 1937, *Mr. Lucas* aus dem Jahr 1945 und *Die Caspary-Affäre* aus dem Jahr 1946.

Mord in der Botschaft

Dieses Hörspiel von 1937 ist das früheste erhaltene Kriminalstück von Francis Durbridge, sowohl in Textform als auch in Bezug auf eine Aufzeichnung und stammt noch aus der Prä-Paul-Temple-Ära, die erst 1938 begann. Es galt lange als verschollen, bis Nicholas Durbridge, der Sohn des Autors, beim Ausräumen eines Schranks vor einigen Jahren eine Aufnahme davon auf 78-Inch-Schallplatten fand, sie digitalisieren ließ und dem BBC-Archiv zur Verfügung stellte.

Nach dem schon erwähnten *Murder in the Midlands* schreibt Durbridge hier, was er am besten kann: einen Krimi, obwohl das Stück damals in der *Radio Times* und in der Titelansage des Hörspiels noch »Melodrama« genannt wurde.

Die Geschichte rund um zwei verfeindete (fiktive) Staaten und einen Mord in der Botschaft während eines Balls wurde abgerundet durch einige Musikeinlagen, sodass man 1946 bei der BBC auf die Idee kam, das Stück aufgrund genau dieses Bestandteils für die Sendereihe *A Musical Theatre of the Air* neu zu produzieren.

Trotz der Gesangs- und Musikeinlagen bleibt *Mord in der Botschaft / Murder in the Embassy* ein Krimi mit der Suche nach dem Täter und einer überraschenden Auflösung. Ungewöhnlich – und für Durbridge-Krimis einmalig – ist der Einsatz eines Erzählers, der verschiedene Szenen kommentiert. Dies ist insofern außergewöhnlich, als dass der britische Autor es wie kein anderer verstand, die Handlung durch die Dialoge zu erklären, ohne dass jemand von außen kommentieren musste, was geschah.

Bemerkenswert ist auch die Tatsache, dass es in *Mord in der Botschaft* einen Konflikt zwischen zwei fiktiven Staaten gibt: Westovia und Falkenstein. Dies ist wohl dadurch be-

9

dingt, dass es so zu keinerlei diplomatischen Fauxpas kommen konnte. Zudem ist dies in der Kriminalliteratur nichts Ungewöhnliches, denn auch Agatha Christie bediente sich beispielsweise solcher Tricks, etwa in dem Roman *The Secret of Chimneys* (1925, dt. *Die Memoiren des Grafen/Das Geheimnis von Chimneys*), wo es um einen fiktiven Balkanstaat namens Herzoslowakei geht.

Auf Sendung ging *Murder in the Embassy* am Dienstag, dem 4. August 1937 um 21.00 Uhr mit Jack Melford und Norman Shelley in den Titelrollen, Regie führte Archie Campbell. Ausgestrahlt wurde hier nur im Londoner Regionalprogramm, am darauffolgenden Tag (Mittwoch, dem 5. August 1937) um 20.00 Uhr wurde das gleiche Stück nochmals im Nationalprogramm der BBC gesendet.

In der *Radio Times* (722/1937, Seite 8) schrieb Francis Durbridge persönlich über *Murder in the Embassy* (kompletter Artikel im Anschluss an die Einleitung): »Das Stück hat kein gesellschaftlich relevantes Thema, keine Botschaft und es ist erschreckend frei von Psychologie. Es hat jedoch zwei Orchester, exquisite Musik, eine Reihe von Charakteren, die Ihre Frau gerne kennenlernen würde, ein ziemlich böses Ereignis in der Botschaftsbibliothek und ein oder zwei vollmundige Texte, die Ralph Stanley [Anmerkung: der Liedtexter] speziell für diesen Anlass geschrieben hat. Archie Campbell [Anmerkung: der Regisseur] ist fest entschlossen, dem Stück den Glanz und die Fröhlichkeit seiner anspruchsvolleren Produktionen zu verleihen.«

Eine Neuproduktion wurde in der Bearbeitung von David Kean und unter Änderung einiger Rollennamen am Donnerstag, dem 11. April 1946, von der BBC unter dem leicht veränderten Titel *Murder at the Embassy* ausgestrahlt. Archie Campbell führte erneut Regie, die Titelrollen spielten Griffith Jones und Albert Lieven, was insofern bemerkenswert ist, als dass dieser Schauspieler (1906-1971), der aus Nazi-Deutschland nach England emigrierte, hier erstmals in einem

Stück des britischen Autors agierte. Später sollte Lieven noch Hauptrollen in den deutschen Durbridge-Straßenfegern *Der Andere* (1959), *Das Halstuch* (1961), *Die Schlüssel* (1964) und *Wie ein Blitz* (1969/70) spielen und auch in dem Theaterstück *Ein lückenloses Alibi* (1968) in Hans Schweikarts Inszenierung auftreten.

Finanziell zahlte sich *Murder in the Embassy* für Francis Durbridge aus. Der damals erst 26jährige Autor erhielt sein bis dahin höchstes Honorar für sein Manuskript. Seinen Aufzeichnungen zufolge waren das 63 Pfund, erhalten am 5. Juni 1937, was immerhin heute in etwa 5.300 Pfund entspricht. Für die Verwendung seiner Story für das Remake, zu dem er nicht selbst die Bearbeitung schrieb, erhielt er 1946 10 Pfund.

Mr. Lucas

Francis Durbridge verfasste dieses Hörspiel, das am 3. Juli 1945 von der BBC ausgestrahlt wurde, noch während der Zweite Weltkrieg in vollem Gang war. Dies erschließt sich aus seinem Einnahmenbuch, wo er am 21. Januar 1945 und am 23. Februar 1945 jeweils eine halbe Rate von 31 Pfund – also insgesamt 62 Pfund (heute in etwa 3.300 Pfund) – notiert. Außerdem kündigte die *Radio Times* das Stück später mit folgendem Satz: »A new radio play by Francis Durbridge tells how a Nazi leader tried to feather his nest«, also »Ein neues Hörspiel von Francis Durbridge erzählt, wie ein führender Nazi versuchte, in die eigene Tasche zu wirtschaften.« Von dem Nazi ist in dem fertigen Hörspiel allerdings nicht mehr die Rede, hier geht es lediglich um einen gewissen »Mister X«, dessen Gesicht niemand kennt und der ein gesuchter Hehler ist. Es ist zu vermuten, dass die BBC und/oder Durbridge den Nazi durch einen »einfachen« Verbrecher ersetzte(n), nachdem der Krieg zwei Monate vor Ausstrahlung des Stücks geendet hatte.

Unterlagen belegen auch, dass der erste Arbeitstitel von *Mr. Lucas* eigentlich *The Mask of Kien Te* (also wörtlich »Die

Maske von Kien Te«) lautete, was wiederum an einen anderen bekannten Filmtitel erinnert, nämlich an *The Mask of Fu Man Chu* von 1932.

In *Mr. Lucas* kommen letztlich weder Deutsche noch Chinesen vor, es ist ein recht typisches Durbridge-Stück mit der Suche nach dem großen unbekannten Hintermann.

Ein wesentlicher Teil des Hörspiels spielt in einem Zug. Hier ist interessant, dass eine gewisse Passage Durbridge offensichtlich so gut gefallen hatte, dass er sie später zwei Mal wiederverwendete. Konkret handelt es sich dabei um die Szene, in der der Zug entgleist. Diese deckt sich fast wortwörtlich mit einer Sequenz der ersten Folge des Achtteilers *Paul Temple and Steve* (1948, Originalmanuskript als Band 10 bei Williams & Whiting unter dem Titel *Paul Temple und der Fall Dr. Belasco* erschienen) und einer Szene in dem Einteiler *Mr and Mrs Paul Temple* (1947, Band 9: *Paul Temple und der Fall McRoy*). Auch sonst erinnern einige Dialogpassagen stark an einige Abschnitte in den genannten anderen beiden Werken.

Von *Mr. Lucas* gab es bisher zwar keine deutsche Version, 1981 entstand allerdings eine niederländische Variante unter dem Titel *Mister Lucas*. Stab- und Besetzungsangaben finden sich im Anschluss an den Text.

Aus Durbridges Einnahmenbuch geht auch hervor, dass er am 5. September 1945 21 Pfund für »Nordamerika« – wie es dort heißt – erhielt. Die Frage bleibt offen, ob das Stück nur in die USA verkauft, oder ob es auch dort produziert wurde.

Schließlich wollen wir noch erwähnen, dass bei der Ausstrahlung ein im hier abgedruckten Text verwendeter Rollenname umbenannt wurde: Die Figur des Barbesitzers Pietro hieß in der Endfassung offenbar Ramaza.

Die Caspary-Affäre

Dieses Hörspiel wurde von der BBC am 11. Juli 1946 im Rahmen einer Reihe namens *Musical Theatre of the Air* ausgestrahlt. Es vereinte zwei damals sehr beliebte Zutaten: Gesang und Spielhandlung. Durbridge situiert das Geschehen im Künstlerbereich und so gehören eine beliebte Schauspielerin und Sängerin (die einige Lieder zum Besten gibt) und ein anerkannter Pianist (der am Klavier spielt) zu den Hauptfiguren.

Die Caspary-Affäre ist kein typischer Durbridge, seine gewohnten unerwarteten Drehungen und Wendungen fehlen hier. Vielmehr konzentriert sich der Autor auf die Frage »Was wird geschehen?« und erzählt die Geschichte hauptsächlich in Rückblenden. Gleichzeitig gesellt sich zu der Frage, was geschehen wird, zusätzlich jene, wer der Täter ist. Und Durbridge wäre nicht Durbridge, wenn er uns nicht auch hier am Ende überrascht und den Täter – was wohl in einem Krimi sehr selten ist – in der letzten Textzeile entlarvt.

Die Geschichte von *Die Caspary-Affäre* ist hochinteressant, denn sie endete nicht nach Ausstrahlung des Hörspiels im Jahr 1946, das – nebenbei bemerkt – wie viele Produktionen jener Jahre nicht überliefert ist.

Die Grundkonstellation der Story schien dem Autor sehr zu gefallen, denn die Geschichte taucht über insgesamt fast 50 Jahre seiner Karriere hinweg immer wieder mal in verschiedenen Formen auf, mal produziert, mal nicht realisiert, mal als Fernsehspiel, dann als überarbeitetes Hörspiel, dann als wiederum überarbeitetes Theaterstück.

Doch der Reihe nach: Unter den Unterlagen von Francis Durbridge fand sich ein Manuskript mit dem Titel *Prelude to Murder*, also *Vorspiel zu Mord*, das Ende der 1950er-Jahre entstanden und ein Manuskript für einen einteiligen Fernsehfilm ist. Auf der Deckseite des Drehbuchs ist von Durbridge der Titel *Prelude to Murder* mit der Hand durchgestrichen und durch den Titel *Julian* ersetzt. Bei dem Stoff handelt es sich um eine überarbeitete Version von *The Caspary Affair* mit anderen Figurennamen. Dieses Fernsehspiel wurde nie produziert, allerdings strahlte der italienische Rundfunk RAI am 21. November 1960 ein Hörspiel namens *Preludio al delitto* aus (Regie: Umberto Benedetto), das eindeutig die überarbeite Fassung von *The Caspary Affair* darstellt und dieselben Rollennamen wie das unverfilmte Fernsehspiel *Julian / Prelude to Murder* aufweist. Diese Rollennamen tauchen wiederum 1987 in Durbridges Theaterstück *Zaradin 4* auf und die Handlung wurde sehr erweitert. *Zaradin 4* (der Titel bezog sich auf ein Herzmedikament) war die in Deutschland uraufgeführte Urfassung seines später in Großbritannien im Jahr 1993 unter dem Titel *Sweet Revenge* präsentierten Stücks, das wiederum später in dieser vom Autor überarbeiteten Version unter *Stich ins Herz* den Weg auf die deutschsprachigen Bühnen fand. Die Urfassung des Theaterstücks trug ebenfalls den Titel *Julian* und später den Titel *A Time for Murder*, der aber nie benutzt wurde und nur auf dem Manuskript zu finden ist.

Die für Deutschland geschriebene Fassung *Zaradin 4* unterscheidet sich von der englischen *Sweet Revenge* dadurch, dass viele Personennamen geändert und zwei neue Hauptcharaktere hinzugefügt wurden. Wichtiges Detail: der Täter wurde geändert und das Herzmediakment *Zaradin 4* hieß nun *Zarabell 4* (Durbridge, für den Namen und Titel sehr wichtig waren, spielte hier anscheinend mit einer Abkürzung, die er schon in einem sehr frühen Paul-Temple-Hörspiel verwendet hatte: Dort versteckte sich der Bösewicht hinter der Abkürzung Z.4 (vgl. *Paul Temple und der Fall Z.4,* als Band 19 der Durbridge-Edition bei Williams & Whiting erschienen)).

Warum gab es überhaupt mehrere Versionen des Theaterstücks? Das ist leicht zu erklären: Francis Durbridge war ein absoluter Perfektionist. Da er in Deutschland außerordentlich populär war, testete er seine Stücke zuerst dort und verfolgte ihre Entwicklung. Er bastelte ständig weiter an der Story und an Stellen, die ihm nicht gefielen, ehe er das Stück in seiner Heimat auf die Bühne und ins West End bringen wollte – denn dort durfte er sich keinen Misserfolg erlauben. So kommt es, dass die in Deutschland aufgeführten Stücke Durbridges sich oft von ihrer in England aufgeführten Version unterscheiden.

Geben wir kurz einige Informationen zum Inhalt des Stücks, wobei wir Namen von Figuren bewusst vermeiden, damit der Text auf beide Versionen passt: *Ein Herzchirurg denkt, er sei glücklich verheiratet. Als ihm seine Frau jedoch offenbart, dass sie mit einem bekannten Frauenhelden liiert ist, bricht für den Ehemann eine Welt zusammen. Wenig später ist der Casanova tot und alles deutet darauf hin, dass der Arzt ihn ermordet hat. Belastend tritt die Entdeckung seines Assistenten hinzu, dass im Schrank seines Chefs zwei tödliche Herzmedikamente fehlen. Allerdings hätte auch ein gutes halbes Dutzend anderer Personen einen Grund gehabt, den Herzensbrecher und Frauenhelden aus dem Weg zu schaffen.*

Das Stück – in welcher Fassung auch immer – ist ein gelungener Whodunit, bei dem jede Figur richtig verdächtig gemacht wird und jede ein anderes Motiv hatte, das Opfer zu töten. Wie im ursprünglichen Hörspiel wird auf der Bühne der Bösewicht auch erst in der allerletzten Minute entlarvt.

Verlieren wir noch einige Worte über die deutschen Theateraufführungen. Eine davon hatte am 24.11.1990 in der BRD Premiere, unter der Regie von Heinz Kreindl spielten unter anderem Raimund Harmstorf, Beatrice Kessler und Dirk Galuba. Die Erstaufführung fand jedoch am Emmericher Stadttheater in der Inszenierung von Günter Penzoldt statt. Den Text übersetzte Max Faber. Es spielten Wilfried-Jan Heyn, Hans Bayer, Raimund Harmstorf, Dirk Galuba, Verena Peter, Beatrice Kessler, Angelika Draak-Wedekind und Julia Cepiuk. Im Programmheft zu dem Stück stand: »Der neueste Durbridge ist weit mehr als ein üblicher Serienkrimi, es ist ein Stück echter Gesellschaftskritik. Raffiniert und hinterlistig konzipiert, als hätte der bedeutende Filmemacher Claude Chabrol seine begabte Hand im Spiel. Merke: Die Bösen sind zwar schlecht, die Guten sind noch viel böser. Gleichviel wird

15

allen die Maske vom Gesicht gerissen.«

Die Erstaufführung in England fand am 12. Januar 1993 am Thorndike Theatre statt, Regie führte Val May, es spielten Abigail Thaw, Ben Robertson, Lesley North, Richard Todd, Peter Cartwright, David Baron, Meg Davies, Hayward Morse, Christopher Birch und Jo McLaren-Clark.

Kehren wir noch kurz zum Ausgangspunkt, dem hier abgedruckten Text zu dem Hörspiel *Die Caspary-Affäre* zurück: Am 30. Juli 1946, also rund drei Wochen nach Ausstrahlung des Stücks, notiert Durbridge in seinem Einnahmenbuch, dass er dafür 94 Pfund und 10 Shilling erhielt. Umgerechnet in heutiges Geld wären das fast 5.000 Pfund. Ein Zeichen, dass Durbridge damals schon – beflügelt durch seinen Paul-Temple-Dauererfolg – einer der bestbezahlten Autoren der BBC war.

Im Anschluss an den Text finden Sie die Stab- und Besetzungsliste zu *The Caspary Affair*.

Diese Ausgabe schließt im Nachwort mit einer Übersicht über die zahlreichen Kriminalhörspiele (Einteiler, Mehrteiler, Serien) von Francis Durbridge ab.

Nun aber spannende Unterhaltung bei der Lektüre von drei sehr unterschiedlichen Kriminalgeschichten, die alle das Element des Whodunit vereint und aus einer frühen Phase des britischen Autors stammen.

Wie man ein Melodram schreibt

von Francis Durbridge
(erschienen in der *Radio Times* (722/1937, Seite 8) in der
Woche der Ausstrahlung von *Murder in the Embassy*)

In Bloomsbury erzählt man sich die Geschichte eines jungen
Mannes, der ein musikalisches Melodram schreiben wollte
und schließlich, nach mehreren vergeblichen Versuchen, die
Hilfe eines freundlichen und erfahrenen Librettisten in An-
spruch nahm. Der Librettist lächelte, als er von den Absichten
des jungen Mannes hörte, und gab ihm, nachdem er eine Weile darüber nachgedacht hatte, den folgenden Rat: »Denken Sie
sich eine Handlung aus, verdoppeln Sie sie, fügen Sie einen
Mord hinzu, nehmen Sie die erste Handlung weg, an die Sie
gedacht haben, und das Resultat ist ein Melodram.«

»Und wenn es das nicht ist?«, fragte der junge Mann, der
aus einer langen Reihe von Bloomsbury-Pessimisten stammte.
»In diesem Fall, mein Freund«, antwortete der Librettist,
»denken Sie noch einmal nach. Aber leihen Sie sich dieses
Mal die Handlung eines anderen aus und fügen Sie zwei Morde hinzu.«

Der junge Mann ging also nach Hause und im Laufe der
Zeit dachte er sich eine Handlung aus, verdoppelte sie, fügte
einen Mord hinzu und nahm die erste Handlung, die ihm ein-
gefallen war, wieder weg. Aber – leider – war das Resultat
kein Melodram. Es war nicht einmal eine musikalische Komödie.

In seiner Verzweiflung versuchte er es noch einmal, nur
dass er sich diesmal die Geschichte eines anderen auslieh und
zwei Morde hinzufügte. Aber – leider – war das Resultat immer noch kein Melodram.

Voller Enttäuschung suchte er den Librettisten erneut auf

17

und offenbarte ihm sein Scheitern. Der Librettist sah ernst, melancholisch und sehr, sehr traurig aus (was ihm sehr schwer fiel, da er gerade Blankverse geschrieben hatte) und nach einer Weile sagte er: »Es gibt nur eine Antwort, mein Freund. Du kannst nicht schreiben!«

So kehrte der junge Mann nach Bloomsbury zurück und da er ein ziemlich ungestümer junger Mann war und immer noch nichts Anderes als ein Melodram schreiben wollte, wurde er mutlos und erschoss sich im Laufe der Zeit.

Der Librettist nun, als er die Nachricht von der Tragödie erhielt, sah ernst, melancholisch und sehr, sehr traurig aus (was ihm sehr leicht fiel, da er gerade eine moderne Komödie geschrieben hatte) und nach einer Weile hörte man ihn sagen: »Ach, wie schade, dass der arme Junge nicht schreiben konnte!«

Aber der junge Mann war ein vielversprechender Schriftsteller, sein Wortschatz war umfangreich und seine Ausdrucksweise hatte mehr als einmal für sich selbst gesprochen. Aber – leider – waren seine Kenntnisse in einfacher Arithmetik wie bei den meisten jungen Männern aus Bloomsbury verschwindend gering und so hatte der arme Junge einfach keine Ahnung, wie man addiert und subtrahiert.

Ich erzähle diese Geschichte nicht nur, weil sie sinnlos ist, sondern um zu zeigen, dass das Schreiben eines Melodrams wie *Murder in the Embassy* nicht ganz so einfach ist, wie die Radiokritiker es sich vorstellen.

Da ist zum Beispiel diese ganze Sache mit dem Hinzufügen und Streichen. Zuweilen nimmt das fast algebraische Ausmaße an. Selbst jetzt, wenige Tage vor der eigentlichen Produktion von *Murder in the Embassy*, kann ich meine ursprüngliche Handlung nicht mehr erkennen, obwohl ich das Manuskript in den letzten zwei Monaten jeden Morgen vor dem Frühstück durchgesehen habe. Ich bin nämlich langsam dabei, die unangenehme Tatsache zu verdrängen, dass Augusts Franzel [Anmerkung: der Komponist des Hörspiels] es irgendwo versteckt haben muss, um Platz für ein bisschen mehr von seiner schönen Musik zu schaffen.

Es gibt natürlich eine bestimmte Denkschule, die fest davon ausgeht, dass sich das Melodram von der Realität des Lebens abkoppelt. Das mag zutreffen oder auch nicht. Es ist jedoch eine unbestrittene Tatsache, dass es sich nur sehr selten, wenn überhaupt, von der einen Realität trennt, mit der es sich hauptsächlich beschäftigt – der Unterhaltung des Publikums. Und das ist zugegebenermaßen das einzig Große, was wir mit *Murder in the Embassy* versucht haben.

Das Stück hat kein gesellschaftlich relevantes Thema, keine Botschaft und es ist erschreckend frei von Psychologie. Es hat jedoch zwei Orchester, exquisite Musik, eine Reihe von Charakteren, die Ihre Frau gerne kennenlernen würde, ein ziemlich böses Ereignis in der Botschaftsbibliothek und ein oder zwei vollmundige Texte, die Ralph Stanley [Anmerkung: der Liedtexter] speziell für diesen Anlass geschrieben hat. Archie Campbell [Anmerkung: der Regisseur] ist fest entschlossen, dem Stück den Glanz und die Fröhlichkeit seiner anspruchsvolleren Produktionen zu verleihen.

Es ist natürlich noch etwas zu früh für mich, um mit Autorität über die Auswirkungen, wenn man sich ein Melodram ausdenkt, zu schreiben. Ich kann mich nur damit trösten, dass der vielseitige Noël Coward kurz nach dem Schreiben seines ersten und einzigen Werks dieser Art mehrere neue Anzüge trug, einen großen Teil einer überfälligen Rechnung bezahlte und ein gebrauchtes Klavier kaufte. Hoffen wir's!

Francis Durbridge
Mord in der Botschaft

Die handelnden Personen

HAUPTMANN MICHAEL ROSTARD	von der Armee in Westovia, Neffe von General Rostard
SIR CHARLES FANSHAW	vom Außenministerium
GRÄFIN ELSA SIELER	Tochter des Grafen Sieler
GENERAL ROSTARD	Premierminister und Diktator von Westovia
HIRAM E. MILLER	aus Detroit
BARON VON KLEMM	Botschafter von Westovia
PAUL VENDOREST	ein Diener in der Botschaft von Westovia
BENSON	Sir Charles Fanshows Diener
INSPEKTOR DAVIS	von Scotland Yard
GRAF SIELER	Diktator von Falkenstein
MAJOR HUGO	ein Gast auf dem Ball
MADAME VASKAYA	eine bekannte Sopranistin
EIN SÄNGER	
EIN ERZÄHLER	
MEHRERE MÄNNLICHE UND WEIBLICHE BALLGÄSTE	

Die Handlung spielt im Londoner Außenministerium und in der Londoner Botschaft von Westovia im Jahr 1937.

Mord in der Botschaft

Auftaktmusik.

ERZÄHLER: Den ganzen Tag über hat London unter der Juli-Sonne geschwitzt. Als es Abend wird, hängen die Bäume am Berkeley Square bleiern über das Gras innerhalb der Eisengitter. In Nr. 56a ist Hauptmann Michael Rostard von der westovianischen Botschaft gerade auf einen Drink mit seinem Freund Sir Charles Fanshaw vom Außenministerium vorbeigekommen. Es herrscht eine beklemmende Stille in der Luft, die nur durch das leise Rauschen des Windes in den Bäumen und ein plötzliches Donnergrollen in der Ferne unterbrochen wird.

DAS AUSSENMINISTERIUM.

Im Hintergrund ist Donner zu hören.

ROSTARD: (*Bezieht sich auf den Donner*) Ich wusste, dass das kommen würde. Ich habe schon die ganze Zeit darauf gewartet.

FANSHAW: Tja. Also – sag »Stopp«.

FANSHOW gießt den Drink ein.

ROSTARD: Stopp.

Man hört, wie die beiden miteinander anstoßen.

ROSTARD: Du siehst gut aus, Charles.

FANSHAW: Ich fühle mich auch fit.

ROSTARD: Wie sieht es im Außenministerium aus?

FANSHAW: Ach, es läuft. Wie ist es so in der Botschaft?

ROSTARD: Oh, ganz fürchterlich! Wir sind im Moment

23

	wie eine Blumenausstellung – alles ist für den Ball heute Abend herausgeputzt. Du kommst doch sicher?
FANSHOW:	(*Fröhlich*) Oh ja, natürlich. Übrigens habe ich diese Woche Elsa zufällig getroffen. Sie sah viel besser aus, Michael.
ROSTARD:	Ja, es geht ihr auch viel besser. Ich könnte im Moment selbst auch Urlaub gebrauchen.
FANSHAW:	(*Nach einem Moment*) Was ist los, Michael?
ROSTARD:	Ach, ich habe heute Morgen einen Brief von meinem Onkel bekommen.
FANSHAW:	Was denn – von deinem Vormund? General Rostard?
ROSTARD:	Mhm. Er scheint etwas über die Sache mit Elsa gehört zu haben. Ich gebe keinen Pfifferling auf irgend jemanden, Charles, wenn ich Elsa heiraten will – dann heirate ich sie auch!
FANSHAW:	Ganz ruhig, alter Junge! Und was ist mit Elsa? Was denkt sie darüber?
ROSTARD:	Ich glaube nicht, dass sie so besorgt ist wie ich. Ihr Vater scheint sich in dieser Angelegenheit recht anständig zu verhalten. Zumindest macht er nicht so viel Aufhebens, wie wir erwartet haben.
FANSHAW:	Er kommt nicht zufällig heute Abend zum Ball?
ROSTARD:	Graf Sieler? Der Diktator von Falkenstein? Ein Gast in der westovianischen Botschaft? (*Lacht*) Gütiger Himmel, nein! Es war schon eine Heidenarbeit, von Klemm dazuzubringen, Elsa einzuladen!
FANSHAW:	(*Kichert*) Wie geht es meinem alten Freund – dem westovianischen Botschafter?
ROSTARD:	Ach, von Klemm geht's gut. Du wirst ihn

heute abend sehen, aufgeputzt und dekoriert wie ein Weihnachtsbaum! (*Plötzlich*) He! Du hast dir ja ein neues Radio gekauft!

FANSHAW: Ja. Hast du es nicht schon gesehen?

ROSTARD: Nein, ich glaube nicht.

FANSHAW: Hör doch mal – es klingt beeindruckend.

Das Radio wird eingeschaltet.

FANSHAW: Es wird in einer Minute warm.

Man hört das Radio knistern.

FANSHAW: Sag mal, Michael, ich höre immer wieder von dem Abkommen. Glaubst du, dass da etwas dabei herauskommt?

ROSTARD: Was wird wohl dabei herauskommen? (*Er lacht*) Die ganze Sache ist praktisch …

FANSHAW: (*Unterbricht*) Aber sicherlich …

Das Gespräch wird durch die Radioansage unterbrochen.

RADIOSPRECHER: Es wird davon ausgegangen, dass der ausländische Vertreter zum Abschluss der Konferenz Gast der Regierung Seiner Majestät sein wird.

ROSTARD: Ah, die Nachrichten!

FANSHAW: Ja.

RADIOSPRECHER: Ein weiterer bedeutender Besucher, der vom Kontinent kam, war General Rostard, der Premierminister von Westovia, der heute Abend auf dem Ball in der westovianischen Botschaft zu Gast sein wird.

ROSTARD: Hast du das gewusst?!!

FANSHAW: Nein.

ROSTARD: Jemand muss meinem Onkel von Elsa erzählt haben. Das ist der Grund! Mein Gott, er irrt sich aber, wenn er glaubt, er kann mich zwingen, sie zu vergessen!

FANSHAW: Ganz ruhig, Michael. (*In Bezug auf das Radio*) Da hören wir nicht weiter zu …

25

FANSHAW schaltet das Radio aus.

FANSHAW:	Es besteht ja immer noch die Möglichkeit, dass das Kommen deines Onkels überhaupt nichts mit deinen Gefühlen für Elsa zu tun hat.
ROSTARD:	Er ist doch sicherlich nicht den ganzen Weg von Westovia angereist, nur um einen Ball in der Botschaft zu besuchen.
FANSHAW:	Da ist zum Beispiel diese kleine Angelegenheit, die wir gerade besprochen haben ...
ROSTARD:	Was ... das »Westovianische Abkommen«?
FANSHAW:	Genau!
ROSTARD:	(*Überlegt, nickt*) Ja. Ja, das kann durchaus sein. Charles, darf ich dein Telefon benutzen?
FANSHAW:	Selbstverständlich. Nur zu. (*Plötzlich*) Oh, einen Moment – ich glaube, es ist zur Bibliothek durchgeschaltet.
ROSTARD:	Das ist schon in Ordnung. Ich telefoniere von dort.

ROSTARD geht in die Bibliothek und schließt die Tür hinter sich. Auf der anderen Seite öffnet sich eine Tür. BENSON, SIR CHARLES FANSHAWs Diener, tritt ein.

BENSON:	Ich bitte um Verzeihung, Sir Charles …
FANSHAW:	Ja?
BENSON:	Leaver würde gerne wissen, wann Sie heute Abend den Wagen benötigen.
FANSHAW:	Ach ja – so gegen zehn, glaube ich, Benson. Ich gehe auf den Ball in der westovianischen Botschaft.
BENSON:	Sehr wohl, Sir.
FANSHAW:	Ach übrigens, gab es irgendwelche Anrufe für mich heute Nachmittag?
BENSON:	Nein, Sir Charles.
FANSHAW:	Keine Nachrichten irgendwelcher Art?

BENSON:	Nein, Sir Charles.
FANSHAW:	In Ordnung, Benson.
BENSON:	Gerne, Sir.

BENSON geht wieder.

Eine Tür öffnet und schließt sich.

Auf der anderen Seite kommt ROSTARD aus der Bibliothek zurück.

ROSTARD:	(*Erfreut*) Du hattest recht, Charles! Er ist nur hier, um das Abkommen zu unterzeichnen. Ich habe gerade mit Lenkin in der Botschaft gesprochen.
FANSHAW:	Das hat dich jetzt aber erleichtert!
ROSTARD:	Das hat es allerdings! Lenkin sagt, er habe den alten Knaben noch nie in besserer Laune gesehen! Das scheint mir ein guter Zeitpunkt zu sein, ihn um Erlaubnis wegen Elsa zu fragen!
FANSHAW:	Ja. Weißt du, wann genau dein Onkel das Abkommen zu unterzeichnen gedenkt?
ROSTARD:	Tja, Lenkin sagte etwas von heute Nacht … um Mitternacht.
FANSHAW:	Du glaubst also, dass dein Onkel tatsächlich unterschreiben wird?
ROSTARD:	Oh, kein Zweifel! Die ganze Idee stammt schließlich von ihm.
FANSHAW:	Ich sehe aber nicht ganz, welchen Vorteil Westovia davon hat.
ROSTARD:	Nun, kurz gesagt bedeutet es nur, dass, wenn jemand Westovia angreift, ihr helfen müsst, die Schurken abzuwehren!
FANSHAW:	Aber wer wird Westovia schon angreifen?
ROSTARD:	(*Kichert*) Mein Onkel hat sich da wegen Falkenstein einen Floh ins Ohr gesetzt. Er scheint zu glauben, dass der alte Sieler ein Auge auf die westovianischen Ölfelder ge-

worfen hat.

FANSHAW: Ich verstehe. Tja, ich behaupte nicht, dass ich viel über diese Dinge weiß, Michael. Durch meine Arbeit im Außenministerium habe ich mehr Kontakt zu Scotland Yard als zur Downing Street. Aber der Premierminister hat immer gesagt, dass das Abkommen nicht in Frage kommt, solange Westovia nicht den definitiven Beweis erbringt, dass es beabsichtigt, Falkenstein die fünfzehn Millionen zurückzuzahlen, die es dem Land im Jahr 1918 geliehen hat.

ROSTARD: Wir haben auch die feste Absicht, unsere Schulden bei Falkenstein innerhalb der nächsten sechs Monate zu begleichen.

FANSHAW: Wie?

ROSTARD: Hm?

FANSHAW: (*Kichert*) Wäre es indiskret von mir, zu fragen, woher Westovia die fünfzehn Millionen genau nehmen will?

ROSTARD: Ganz und gar nicht. Das Geld stammt von einem Mister Hiram Miller aus Detroit.

FANSHAW: Miller?

ROSTARD: Er ist der Kopf eines amerikanischen Syndikats. Als Gegenleistung für ihre … ihre philanthropische Geste erlaubt mein Onkel dem Syndikat, die Ölfelder von Westovia zu erschließen.

FANSHAW: Ah, ich verstehe.

ROSTARD: Miller ist kein Narr, Charles. Und wir haben einige ziemlich gewinnbringende Ölfelder in Westovia, die nur darauf warten, erschlossen zu werden. Ich vermute, dass Miller und sein Syndikat mich schon seit einiger Zeit im Auge haben. Er ist kein

28

	schlechter Kerl – du wirst ihn mögen.
FANSHAW:	Wie kommst du darauf, dass wir uns begegnen könnten? Ist er denn hier?
ROSTARD:	Nun, ja, natürlich. Er wohnt zur Zeit in der Botschaft. Du wirst ihn heute Abend auf dem Ball treffen.
FANSHAW:	Verstehe. Glaubst du, dass dein Onkel recht hat mit Graf Sieler und seinem Interesse an den westovianischen Ölfeldern?
ROSTARD:	Ehrlich gesagt weiß ich es nicht. Falkenstein hat eigene Ölfelder, kann es sich aber nicht leisten, auch nur eines zu erschließen.
FANSHAW:	Es scheint so, als ob dein Onkel und Graf Sieler sich nicht ausstehen können.
ROSTARD:	Oh, sie verabscheuen sich gegenseitig. Weißt du, Charles, ich habe oft gedacht, dass Falkenstein und Westovia vielleicht Verbündete statt Feinde geworden wären, wenn es nicht diese persönliche Feindschaft zwischen ihren Führern gäbe.
FANSHAW:	Hm, ich frage mich, warum das so ist. Weißt du das?
ROSTARD:	Nun – ja. Es ist leider keine sehr originelle Geschichte.
FANSHAW:	Wie meinst du das?
ROSTARD:	Als mein Onkel ein sehr junger Mann war, verliebte er sich in eine Schauspielerin – Cecile Dechaund – sie spielte in den *Folies Bergères* [dem bekannten Pariser Varieté-theater [Ergänzung des Übersetzers]].
FANSHAW:	Cecile Dechaund?
ROSTARD:	Genau.
FANSHAW:	Aber Cecile Dechaund hat doch Graf Sieler geheiratet!
ROSTARD:	Ja, ich weiß. Ich sagte ja, die Geschichte ist

29

	nicht sehr originell. (*Themenwechsel*) Jetzt muss ich mich aber sputen – ich brauche immer verdammt lange zum Anziehen!
FANSHAW:	In Ordnung, Michael! Wir sehen uns dann später. Ach – und viel Glück.
ROSTARD:	Vielen Dank. Nein, nein, nein, nein, mach dir keine Mühe. Ich finde selbst hinaus.

Er öffnet die Tür und man hört den Regen von draußen.

| ROSTARD: | Oh, sieh mal, jetzt hat es angefangen zu regnen! Na ja … (*Fängt an zu singen*) »Jedes Mal, wenn es regnet, regnet es Pennies vom Himmel …« |

ROSTARD geht. FANSHOW klingelt nach dem Diener. Schließlich öffnet sich eine Tür und BENSON, der Diener, tritt ein.

BENSON:	Sie haben geläutet, Sir Charles?
FANSHAW:	Ja, Benson, könnten Sie bitte meine Sachen herausrichten?
BENSON:	Sehr wohl, Sir Charles.

Das Telefon klingelt.

FANSHAW:	Haben Sie das Telefon nach hierhin durchgeschaltet?
BENSON:	Ja, Sir Charles.
FANSHAW:	Gehen Sie doch bitte ran.

BENSON nimmt den Hörer ab.

BENSON:	Hallo? … Hallo? … Ja, wer spricht da, bitte? … Wie bitte? … Würden Sie bitte kurz dranbleiben? … Es ist für Sie, Sir Charles.
FANSHAW:	Wer ist es?
BENSON:	Die – äh – Person weigert sich, einen Namen zu nennen, Sir.
FANSHAW:	Oh, ich verstehe. Na gut, Benson, Sie können gehen.

BENSON geht. FANSHAW wartet, bis der Diener den Raum verlassen hat und spricht dann ins Telefon.

| FANSHAW: | (*Am Telefon*) Hallo? … Wer ist da? … Oh, |

du bist es, Price! … Seit sechs Wochen warte ich von dir zu hören. Wo zum Teufel hast du gesteckt? … Was? … In der Botschaft von Falkenstein? … Wie lange arbeitest du schon dort? … Ich verstehe … Hör zu, Price, sei vorsichtig! Wir dürfen keine Fehler machen, verstehst du? … Was? Ja, ja, ja, ja, natürlich gehe ich auf den Ball – warum fragst du? … Was ist?! … Ja – ja, ja, ja, ja, ich höre zu … Gute Arbeit, Price! … Hör mal, wenn du mich später noch erreichen willst: Ich bin in der westovianischen Botschaft. … Und vergiss nicht, morgen anzurufen und dich bei Q7 zu melden … Mhm mhm … Ja – ja, ja, in Ordnung … Und hör zu, Price, sei um Himmels willen vorsichtig, verstehst du … Du musst vorsichtig sein!

Szene ausblenden.

DIE BOTSCHAFT VON WESTOVIA.

Aufblenden von Tanzmusik, die langsam in den Hintergrund geblendet wird.

ERZÄHLER: Im berühmten weiß-goldenen Ballsaal der westovianischen Botschaft tanzen fünfhundert Gäste, während sich in einem angrenzenden Vorraum diejenigen, die später angekommen sind, in kleine Gruppen aufgeteilt haben, um ihre Freunde zu begrüßen.

Musik aufblenden. Die Musik endet und es gibt einen tobenden Applaus.

VON KLEMM: Oh, guten Abend, Herzogin! Das ist aber eine freudige Überraschung. Ich habe doch erst letzten Donnerstag zu Ihrem Mann gesagt – nein, lassen Sie mich überlegen, es war schon am Mittwoch …

VON KLEMM unterbricht den Satz, als im Hintergrund mehrere Personen aufgeregt »Pst!« machen.

VON KLEMM: Großer Gott, was haben denn alle, warum sollen wir still sein?

PAUL VENDOREST, ein Diener in der Botschaft, wendet sich an VON KLEMM.

VENDOREST: Ich bitte um Verzeihung, mein Herr, aber Madame Vaskaya wird jetzt singen.

VON KLEMM: Madame Vaskaya – die westovianische Nachtigall! Meine Güte, ich bitte um Verzeihung. Lassen Sie mich Ihnen meinen Arm reichen, Herzogin. Sie wissen, ich bin der Meinung, dass …

VON KLEMMs Stimme verklingt, als ein Applaus aufbrandet, das Orchester zu spielen beginnt und MADAME VASKAYA eine beschwingte westovianische Opernballade singt.

DER BALLSAAL.

Als das Lied zu Ende ist, jubeln die Gäste und applaudieren MADAME VASKAYA. Dann setzt das Orchester mit weiterer Tanzmusik ein.

Die Musik wird in den Hintergrund geblendet.

ELSA: Hallo, Michael.

ROSTARD: Elsa! Ich habe überall nach dir gesucht! Wollen wir tanzen?

ELSA: Oh ja, das würde ich gerne.

Eine Pause.

ELSA: Michael …

ROSTARD: Ja, Liebes?

ELSA: Hast du deinen Onkel schon gesehen?

ROSTARD: Ja, ich habe ihn gesehen, aber nur für ein paar Augenblicke.

ELSA: Du hast noch nicht …?

ROSTARD: (*Unterbricht ELSA*) Oh, noch nicht, Liebling. Ich werde später mit ihm sprechen.

Eine Pause.

ELSA: Wo ist dein Onkel, Michael? Ich habe versucht, einen Blick auf ihn zu erhaschen.

ROSTARD: Er ist irgendwo auf dem Balkon, glaube ich. (*Vertraulich, ironisch*) Unter uns gesagt, er ist nicht gerade für modernen Tanz gebaut.

ELSA: (*Lacht*) Oh, Liebling ...

Eine Pause.

ROSTARD: Du siehst heute Abend sehr hübsch aus, Elsa.

ELSA: Du siehst auch nicht schlecht aus, Michael, so herausgeputzt und in deiner schönen Uniform.

ROSTARD und ELSA lachen.

Eine Pause.

ERZÄHLER: Während Baron von Klemm weiterhin die Gäste empfängt, führt General Rostard – Premierminister und Diktator von Westovia – ein etwas einseitiges Gespräch mit Hiram E. Miller aus Detroit.

Eine Pause.

EIN NEBENRAUM DES BALLSAALS.

GENERAL: Nun, Mr. Miller, es sieht ganz so aus, als ob sich die Dinge endlich zuspitzen würden. Ich gehe davon aus, dass Sie alle notwendigen Vorkehrungen mit Ihren Kollegen getroffen haben?

MILLER: Oh, sicher, sicher – alles ist geregelt, General, außer ... Sagen Sie, wann beabsichtigen Sie, das Abkommen zu unterzeichnen?

GENERAL: Ah, die Papiere werden kurz vor zwölf vom Außenministerium gebracht. Ich werde den Vertrag um Mitternacht unterzeichnen!

MILLER: (*Erstaunt*) Heute Abend? (*Lacht*) Nun, ich

dachte eigentlich immer, wir Amerikaner hätten den Ruf, eine Art von Hektik zu haben, General, aber ich glaube, ihr Westovianer seid da um nichts besser.

GENERAL: (*Ernst*) Es hat ja wohl auch wenig Sinn, das Verfahren noch länger hinauszuzögern. (*Fröhlich*) Es wird später noch genug Zeit sein, um sich über Kleinigkeiten zu streiten.

MILLER: Aber es gibt einen Punkt, Sir – einen Punkt von allgemeinem Interesse, der mich neugierig macht …

GENERAL: Welchen?

MILLER: Ich habe gehört, dass Sie die fünfzehn Millionen Pfund verwenden wollen, um eine Schuld bei Falkenstein zu begleichen. Stimmt das?

GENERAL: So ist es.

MILLER: Nun, warum genau sind Sie so darauf bedacht, Ihre Schulden zu begleichen? Ihre Eile scheint kaum den allgemeinen Grundsätzen der europäischen Politik zu entsprechen.

GENERAL: Mein lieber Freund – es ist, weil ich dem Diktator von Falkenstein nicht traue! Wenn wir unsere Schulden nicht zurückzahlen, wird er Westovia innerhalb der nächsten fünf Jahre den Krieg erklären! Indem wir unsere Schulden begleichen, nehmen wir Falkenstein gewissermaßen das Kriegsmotiv!

MILLER: Verstehe.

GENERAL: Übrigens weigerte sich Großbritannien natürlich, das Abkommen zu unterzeichnen, solange wir nicht den definitiven Beweis erbringen konnten, dass wir die fünfzehn Millionen Pfund zurückzahlen wollen.

MILLER:	Nun, ich glaube nicht, dass Baron von Klemm Ihr Misstrauen gegenüber Falkenstein teilt, General.
GENERAL:	(*Verärgert*) Was?!! Dann kann ich nur vermuten, dass Seine Exzellenz die gegenwärtige Situation nur sehr schlecht einschätzen kann. (*Eine Pause*) Ähm, sollen wir in den Ballsaal zurückkehren?
MILLER:	Aber sicher, auf jeden Fall.

DER BALLSAAL.

Aufblenden von Musik. Man hört im Hintergrund tanzende und plaudernde Gäste.

Eine Pause.

ELSA:	Ich liebe diesen Walzer, du nicht auch, Michael?
ROSTARD:	Ja. Sollen wir noch einmal tanzen?
ELSA:	Oh, nein, das ist … zu viel! Lass uns einfach eine Weile hier sitzen.

Eine Pause, während die Musik spielt.

ELSA:	Michael, ich habe heute Nachmittag noch einmal mit meinem Vater gesprochen. Über uns, meine ich.
ROSTARD:	Was hat er gesagt?
ELSA:	Nun, ich war beinahe verunsichert durch seine Haltung – er schien fast erfreut darüber zu sein, dass wir uns bald verloben wollen. Er fragte mich, ob du schon mit deinem Onkel gesprochen hast.
ROSTARD:	Du hast ihm natürlich gesagt, dass ich das noch nicht getan habe?
ELSA:	Ja.
ROSTARD:	Ich muss schon sagen, dein Vater verhält sich verdammt anständig in dieser ganzen Sache, Elsa. Ich wünschte, mein Onkel wäre

	auch so.
ELSA:	Oh, aber vielleicht ist er auch so, Liebling – man kann nie wissen!
ROSTARD:	(*Nachdenklich*) Nun, er schien jedenfalls … (*Unterbricht plötzlich*) Aber hallo!
ELSA:	Was ist denn los?
ROSTARD:	Da ist er!
ELSA:	Wer? Dein Onkel?
ROSTARD:	Ja! (*Leise*) Er kommt hierher.
ELSA:	Oh!

ELSA möchte offensichtlich gehen. ROSTARD hält sie zurück.

| ROSTARD: | Nein, nein, nein, geh nicht, Elsa, ich möchte, dass er dich kennenlernt. |

GENERAL ROSTARD kommt näher.

| GENERAL: | Hallo, Michael. Amüsierst du dich? |
| ROSTARD: | Ja, danke, Sir. |

ROSTARD klickt mit den Hacken.

GENERAL:	Ah, du kennst Mr. Miller, glaube ich?
ROSTARD:	(*Freundlich*) Ja, natürlich. Wie geht es Ihnen, Sir? … (*Nimmt sich zusammen*) Darf ich vorstellen: Gräfin Elsa Sieler – mein Onkel – General Rostard.
GENERAL:	Gräfin Elsa Sieler … ich … fühle mich geehrt, Ihre Bekanntschaft zu machen, Mademoiselle.
ELSA:	Ganz meinerseits, General. Ich habe von Michael schon so viel über Sie gehört. Es scheint fast so, als wären wir alte Freunde!
ROSTARD:	Ja, verstehe … Äh – darf ich Ihnen Mr. Miller vorstellen? Mr. Hiram …
ELSA:	(*Unterbricht GENERAL ROSTARD*) Oh, Mr. Miller und ich sind uns schon einmal begegnet – nicht wahr, Mr. Miller?
MILLER:	(*Etwas unbeholfen*) Aber ja, ja, das ist richtig, Frau Gräfin. Ja, ja, ja, natürlich.

36

GENERAL:	(*Etwas überrascht zu* MILLER) Ach, Sie kennen sich?
MILLER:	Natürlich finde ich gelegentlich Zeit, mich mit charmanten jungen Damen zu treffen, General.
ELSA:	(*Lacht*) Wir sind uns vor etwa einer Woche in der Botschaft meines Vaters begegnet.
ROSTARD:	Das hast du mir gar nicht gesagt, Elsa.
ELSA:	Oh, dann habe ich das wohl vergessen, Michael.
MILLER:	Sieht aus, als hätten Sie einen Rivalen, junger Mann! Wollen wir tanzen, Gräfin?
ELSA:	Oh, das würde ich gerne! Es macht Ihnen doch nichts aus, wenn wir Sie allein lassen, General?
ROSTARD:	Nein, nein, natürlich nicht.

Eine kleine Pause, während die Musik spielt.

GENERAL:	Das ist also die Tochter von Graf Sieler?
ROSTARD:	Ja, Sir.
GENERAL:	Soso.
ROSTARD:	Onkel, es gibt da etwas, das ich …
GENERAL:	(*Unterbricht* MICHAEL) Sag, wo ist von Klemm?
ROSTARD:	Der Botschafter, Sir? Ich glaube, er ist bei Lady Marlow.
GENERAL:	Sag ihm, dass ich ihn sofort zu sehen wünsche.
ROSTARD:	Aber, Onkel, ich …
GENERAL:	(*Unterbricht* MICHAEL, *mit Autorität*) Sag dem Botschafter, dass ich ihn sofort zu sehen wünsche.
ROSTARD:	Sehr wohl, Sir.

ROSTARD klickt mit den Hacken und geht.

GENERAL:	Eine Unverschämtheit! Was für eine verdammte Unverschämtheit!

Eine Pause, während die Musik spielt.

ERZÄHLER: General Rostard ist wütend, dass Elsa zum
             Ball eingeladen wurde, und zögert nicht,
             seine Wut an dem westovianischen Bot-
             schafter auszulassen, als dieser in die Bib-
             liothek kommt.
Eine Pause.

DIE BIBLIOTHEK.

GENERAL: (*Wütend*) Dieses Mädchen hatte kein Recht,
             hierher eingeladen zu werden.

VON KLEMM: Aber, mein lieber General, es gibt so etwas
             wie verpflichtende Höflichkeit.

GENERAL: (*Verärgert*) Das ist keine Frage der Höflich-
             keit, von Klemm. Sie müssen doch genau
             gewusst haben, dass Sie gegen meinen Wil-
             len gehandelt haben, als Sie sie eingeladen
             haben.

VON KLEMM: Aber warum sollte sie keine Einladung er-
             halten? Ich kann Ihnen versichern, dass sie
             wirklich eine sehr charmante junge Dame
             ist.

GENERAL: (*Immer noch wütend*) Leider ist sie aber die
             Tochter des Grafen Sieler. Das, mein lieber
             von Klemm, ist ein hinreichender Grund, sie
             nicht in die westovianische Botschaft einzu-
             laden!

VON KLEMM: Ich habe es immer schon für sehr schade
             gehalten, General, dass Sie Ihren gesunden
             Menschenverstand und Ihr gesundes Ur-
             teilsvermögen durch persönliche Animositä-
             ten verzerren lassen …

GENERAL: (*Ernst*) Aha, Sir, bitte – bitte fahren Sie fort!
             Ich bin an Ihrer Theorie sehr interessiert.

VON KLEMM:	Ich meine, Herr General, wenn Sie nur Ihre persönliche Abneigung gegen Graf Sieler überwinden würden, könnten unsere beiden Länder sehr leicht eine friedliche Lösung für ihre gegenseitigen Probleme finden.
GENERAL:	(*Immer noch verärgert*) Ah, Sie wählen Ihre Worte manchmal nicht mit der gewohnten Diskretion. Ich werde mich ganz sicher an dieses Gespräch erinnern, wenn ich nächste Woche mit Seiner Majestät die Frage eines neuen Botschafters für Heytho erörtere. (*Er lacht in sich hinein*) Irgendetwas sagt mir, dass man Ihre besondere Art der Konversation in diesem Teil der Welt schätzen würde! Oder täusche ich mich?
VON KLEMM:	Mein Gott, Rostard, wenn Sie …

GENERAL ROSTARD lacht weiter. MICHAEL ROSTARD tritt ein.

ROSTARD:	Oh, ich hoffe, ich störe nicht, Sir …
GENERAL:	Nein, nein, nein, nein. Natürlich nicht, komm rein, mein lieber Junge.

Die Tür schließt sich.

ROSTARD:	Onkel, ich – ich wollte mit Ihnen sprechen über …
VON KLEMM:	Ich lasse Sie besser allein.
ROSTARD:	Oh, nein, nein, nein, es ist gut, bleiben Sie hier.
GENERAL:	Nun, was ist, Michael?
ROSTARD:	Nun, Tatsache ist, Sir, dass es um Elsa geht.
GENERAL:	Elsa? Du meinst die Tochter von Graf Sieler?
ROSTARD:	Ja, Sir. Nun – wir werden heiraten, Sir.
GENERAL:	(*Schockiert und wütend*) Ihr werdet was?!!!
ROSTARD:	(*Nimmt allen Mut zusammen*) Wir werden … heiraten, Sir.
GENERAL:	Bist du verrückt?! Du weißt genau, dass ich

39

	eine solche Heirat niemals erlauben würde!
ROSTARD:	Ich fürchte, ich habe meine Entscheidung getroffen.
GENERAL:	(*Wütend*) Du hast deine Entscheidung getroffen … (*Versucht sich zu beherrschen*) Mein lieber Michael, das kann nicht dein Ernst sein! Graf Sielers Tochter heiraten? Diese Idee ist einfach absurd! Hast du an meine Lage gedacht?
ROSTARD:	Es tut mir leid, Onkel, aber es ist so!
GENERAL:	Ich verbiete es! Hast du verstanden? Ich verbiete es absolut!
ROSTARD:	Es tut mir leid, aber es macht keinen Unterschied, was Sie sagen, Sir. Jetzt nicht mehr.
GENERAL:	Also! Wenn du dich entscheidest, dieses Mädchen zu heiraten, dann bedeutet das für dich das Ende deiner Karriere. Du wirst dann natürlich deinen Dienst quittieren. Und du kannst dich darauf verlassen, dass ich alle Maßnahmen ergreifen werde, die ich für notwendig erachte, um zu verhindern, dass du unserem Land in irgendeiner Funktion dienst!
ROSTARD:	Das meinen Sie nicht ernst, Sir!
GENERAL:	Ha! Wir werden sehen, ob ich das ernst meine oder nicht! Das werden wir schon sehen!

GENEREAL ROSTARD verlässt wütend den Raum.

ROSTARD:	Dieses Schwein! Ich werde ihm zeigen, dass er nicht so einfach …
VON KLEMM:	(*Unterbricht ROSTARD in beruhigendem Ton*) Hauptmann Rostard!
ROSTARD:	Es tut mir leid, Sir …

Eine Pause.

| ERZÄHLER: | Im Ballsaal findet Gräfin Elsa in Mr. Miller |

einen angenehmen und freundlichen Beglei-
ter – wenn auch keinen erstklassigen Tanz-
partner …

DER BALLSAAL.

Aufblenden von Tanzmusik.
Als die Musik zu Ende ist, gibt es Applaus.

MILLER: (*Herzlich*) Nun, das war wirklich großartig!
                Aber ich glaube, ich muss mich bei Ihnen
                entschuldigen, Gräfin. Das letzte Mal, dass
                ich getanzt habe, war vor langer Zeit in Yale
                – ich glaube, ich habe alle ausgefallenen
                Schritte vergessen …

ELSA: (*Lacht*) Oh, das haben Sie ganz großartig
                gemacht, Mr. Miller!

MILLER: Nun, das ist sehr nett von Ihnen, das zu sa-
                gen, Gräfin – sehr nett! Jetzt müssen wir
                aber Ihren jungen Begleiter finden, sonst
                trachtet er mir noch nach dem Leben.

ELSA: Michael ist bei General Rostard, glaube ich.

MILLER: Ich kann den General am Balkon sehen.

In diesem Augenblick kommt FANSHAW heran.

FANSHAW: Entschuldigung, störe ich?

ELSA: (*Erfreut*) Aber nein, Charles, natürlich
                nicht! Mr. Miller, darf ich Ihnen Sir Charles
                Fanshaw vorstellen?

MILLER: Sehr erfreut.

FANSHAW: Sehr angenehm, Mr. Miller.

MILLER: Das ist aber wirklich eine Freude. Wissen
                Sie, ich habe schon viel von Ihnen gehört,
                Sir Charles. Ich hatte gehofft, dass ich das
                Glück haben würde, früher oder später Ihre
                Bekanntschaft zu machen.

FANSHAW: Das ist aber sehr nett von Ihnen. (*Zu ELSA*)
                Du siehst heute Abend sehr hübsch aus, El-

sa.

ELSA:	(*Überschwänglich*) Charles – immer der perfekte Diplomat!
FANSHAW:	(*Lacht*) Wie lange sind Sie schon hier, Mr. Miller? In Europa, meine ich.
MILLER:	Oh, seit etwa zwölf Monaten. Ich glaube nicht, dass es auch nur ein wichtiges Museum gibt, in dem ich nicht mindestens fünf Minuten verbracht habe.
ELSA:	Oh, Sie interessieren sich für Kunst, Mr. Miller?
MILLER:	Nein. Oh, ich weiß nichts über Kunst — zumindest nichts Wissenswertes, denke ich. Aber ich mag Bilder – ich habe schon immer Bilder gemocht, seit ich ein Kind war – und je größer sie sind, desto besser gefallen sie mir!
ELSA:	Das klingt eher nach Großhandel!

MILLER lacht.

ELSA:	Sind alle Amerikaner wie Sie, Mr. Miller?
MILLER:	(*Freundlich*) Fangen Sie jetzt nicht an, sich über Amerikaner lustig zu machen, Gräfin. – Wir sind keine völligen Barbaren, wissen Sie. Wir haben auch eine Menge Leute mit künstlerischem Talent und europäischen Eigenheiten.
ELSA:	Ja, da bin ich mir sicher.
FANSHAW:	Und wie gefiel Ihnen Westovia, Mr. Miller? Sie waren doch sicherlich sehr beeindruckt?
MILLER:	Ja, Sir, ich war beeindruckt! Es gibt große Möglichkeiten für dieses Land – man kann schwer sagen, was sie mit dem amerikanischen Geld und amerikanischen Unternehmen anfangen werden.
FANSHAW:	Und Falkenstein – Elsas Heimatland. Glau-

	ben Sie, dass es auch ein wenig von Ihrem amerikanischen Geld und Ihrem amerikanischen Unternehmertum braucht?
MILLER:	Tja, was meinen Sie dazu, Gräfin?
FANSHAW:	Ja, was meinst du dazu, Elsa?
ELSA:	Die Vergangenheit hat uns gelehrt, das Unternehmertum nicht zu verachten, Charles, und ich zweifle nicht daran, dass die Zukunft uns die Macht des allmächtigen Dollars lehren wird.

MILLER gluckst.

MILLER:	Nun, Sir Charles, da haben Sie Ihre Antwort!
FANSHAW:	Ja – da habe ich meine Antwort!

Alle lachen.

Im Hintergrund setzt Applaus ein.

ELSA:	Im Ballsaal scheint etwas los zu sein. Vielleicht spielt ja das andere Orchester wieder? Würden Sie mich bitte entschuldigen? Ich muss Michael finden.
FANSHAW:	Ja.
MILLER:	Natürlich, natürlich, Gräfin.

ELSA geht.

MILLER:	Nun, ähm, ich frage mich, warum Sie gerade jetzt von Westovia sprechen?
FANSHAW:	Ich habe mich wirklich gefragt, was Sie von dem Land halten, Mr. Miller. Ich bin sicher, dass Sie einige sehr interessante Ansichten haben.
MILLER:	Wie kommen Sie darauf?
FANSHAW:	Im Allgemeinen bieten amerikanische Syndikate nicht an, einem Land, über das sie sich noch keine endgültige Meinung gebildet haben, ein Darlehen von fünfzehn Millionen zu gewähren.

43

MILLER:	Wir Amerikaner werden mit einem Spieltrieb geboren, Sir Charles.
FANSHAW:	Aha.
MILLER:	Dies ist ein reine geschäftliche Angelegenheit, damit das klar ist – keine philanthropische Geste.
FANSHAW:	Nun, das freut mich.
MILLER:	Oh – warum sagen Sie das?
FANSHAW:	Weil wir Engländer mit einem inneren Misstrauen gegenüber philanthropischen Gesten geboren sind, Mr. Miller.
MILLER:	(*Lacht*) Ich habe verstanden. (*Er lacht weiter*)

Überblenden zu VON KLEMM, der auf der Bühne steht und die nächste Programmnummer ansagt.

| VON KLEMM: | Eure Exzellenz, geschätzte Ladys und Lords, meine Damen und Herren, Zendan Barbara und sein Orchester werden nun ein Konzert mit westovianischer Musik geben. |

Tobender Applaus ertönt und die Musik setzt ein, spielt etwa eine Minute lang und läuft dann im Hintergrund weiter.

VON KLEMM:	Was ist los, Elsa? Suchen Sie Michael?
ELSA:	Ja, Baron, haben Sie ihn gesehen?
VON KLEMM:	Ich glaube, er ist auf dem Balkon.
ELSA:	Oh, danke sehr.

ELSA geht.

VENDOREST nähert sich GENERAL ROSTARD mit einer Nachricht.

VENDOREST:	General Rostard …
GENERAL:	Ja, Vendorest, was gibt es?
VENDOREST:	Ich glaube, diese Nachricht ist für Sie, Exzellenz.
GENERAL:	Für mich? Na, dann her damit. Von wem zum Teufel ist sie?
VENDOREST:	Ich weiß es nicht, Exzellenz. Sie wurde mir

44

nicht gegeben – zumindest nicht direkt.

GENERAL: Das verstehe ich nicht.

VENDOREST: Ich bin eben unter dem Balkon vorbeigegangen und etwas berührte meine Schulter. Ich fand diesen Zettel auf dem Boden. Er ist offenbar vom Balkon geworfen worden.

GENERAL: Aha. Hm. Was haben Sie dann getan?

VENDOREST: Ich ging die Haupttreppe hinauf, um zu sehen, ob jemand auf dem Balkon war.

GENERAL: Und war da jemand?

VENDOREST: Nur die Dame, Eure Exzellenz.

GENERAL: Welche Dame?

VENDOREST: Gräfin Elsa Sieler.

GENERAL: (*Nachdenklich*) Hm. Und hat die Gräfin nichts von der Nachricht gesagt?

VENDOREST: Nein, Exzellenz.

GENERAL: In Ordnung. Sie können gehen.

VENDOREST geht. GENERAL ROSTARD öffnet den Brief und liest ihn laut vor.

GENERAL: Oh! »Sofortiges Gespräch in der Bibliothek notwendig. Dringend.« – Was das wohl zu bedeuten hat?

Ein GAST nähert sich und grüßt GENERAL ROSTARD.

GAST 1: Ah, guten Abend, General.

GENERAL: (*Abgelenkt, seine Gedanken sind woanders*) Guten Abend – guten Abend.

Die BEGLEITERIN des männlichen GASTES wendet sich nun an den GENERAL.

GAST 2: Hallo, General. Was für eine wunderbare Party!

GENERAL: (*Charmant*) Wie könnte sie das nicht sein, liebe Dame, wo sie doch mit solchem Charme und solcher Schönheit geschmückt ist?

GAST 2: (*Erfreut, verlegen*) Oh, danke, General!

Der weibliche GAST *setzt ein kleines Lächeln auf.* GENERAL ROSTARD *geht weiter.*

GAST 2: (*Zu ihrem* GESPRÄCHSPARTNER, *ausgelassen*) Wie taktvoll diese Ausländer – so überzeugend und von alter Schule. Du glaubst es nicht, mein Schatz, aber letztes Jahr in Paris …

GAST 2 wird ausgeblendet und ein weiteres Pärchen, GAST 3 *(weiblich) und* GAST 4 *und 5 (männlich) kommen in den Vordergrund.*

GAST 3: Robert, ist das nicht General Rostard?

GAST 4: Aber ja!

GAST 3: Weißt du, das ist der erste Diktator, denn ich sehe.

GAST 5: Da haben Sie aber Glück, junge Dame – ich habe einen geheiratet!

GAST 2: (*Erfreut, verlegen*) Oh, danke, General!

Wir blenden jetzt wieder auf den GENERAL.

MAJOR HUGO nähert sich dem GENERAL.

MAJOR HUGO: Guten Abend, Herr General.

GENERAL: Guten Abend, Hugo.

MAJOR HUGO: Dürfte ich Sie vielleicht kurz sprechen, General?

GENERAL: Ähm – später, später, Major! Ich habe jetzt eine Verabredung in der Bibliothek.

Eine Pause, während die Musik weiterläuft.

Wir hören Schritte auf einem Korridor, als GENERAL ROSTARD *sich der Bibliothek nähert.*

DIE BIBLIOTHEK.

GENERAL ROSTARD betritt die Bibliothek.

GENERAL: (*Sieht sich um*) Hallo! Hallo!

Die Tür der Bibliothek schließt sich.

GENERAL: (*Erstaunt über die Person, die hinter ihm steht*) Damit hatte ich aber nicht gerechnet!

Ähm – was sollte der Zettel? (*Er kichert*) Ein bisschen melodramatisch, nicht wahr? Ihn vom Balkon zu werfen ... Ähm – das hätte man doch auch – man hätte doch auch ... (*Plötzlich*) Stimmt etwas nicht? ... Was ist denn los? ... Gütiger Himmel, wie kann man nur so dastehen und so dumm glotzen? Was ist der Grund dieses Gesprächs? Soll das ein Scherz sein? Also, ich ... (*Erschrocken*) He, was soll der Revolver? ... War meine Frage so schwer zu verstehen? (*Nachdrücklich*) Was soll der Revolver? (*Plötzlich, schreit*) Nein, nicht! Bitte nicht!

Man hört einen Schuss, der sich aus dem Revolver löst. GE-NERAL ROSTARD schreit vor Schmerz auf und fällt zu Boden. Eine Pause.

DER BALLSAAL.

Wir hören flotte Musik, gespielt vom Orchester. Die Musik endet und es gibt einen Applaus.

MILLER: Also, Sir Charles, die Jungs da können aber wirklich fiedeln! Unglaublich!

FANSHAW: (*Lacht*) So kann man es auch ausdrücken. (*Sieht ELSA*) Hallo, Elsa, du siehst ein wenig bedrückt aus.

ELSA: Ich kann Michael nicht finden. Er scheint verschwunden zu sein.

FANSHAW: Hast du es auf dem Balkon versucht?

ELSA: Ja, aber er ist nicht da – es sei denn, er versteckt sich hinter einer Palme.

MILLER: Vielleicht ist er irgendwo bei General Rostard. Hier sehe ich ihn auch nicht.

ELSA: Ja, daran habe ich noch gar nicht gedacht.

VON KLEMM: (*Nähert sich*) Hallo, Elsa! (*Kichert*) Na, hat Ihnen unsere Musik gefallen, Mr. Miller?

MILLER:	Ja, das hat sie, Eure Exzellenz. Diese Jungs können wirklich fiedeln!

MILLER und VON KLEMM lachen.

VENDOREST nähert sich VON KLEMM.

VENDOREST:	(*Aufgeregt*) Exzellenz, Eure Exzellenz, Sie werden gebraucht …
VON KLEMM:	(*Irritiert über die Unterbrechung*) Was ist denn los?
VENDOREST:	Es handelt sich um den General, Eure Exzellenz, er ist in der Bibliothek – er ist …
VON KLEMM:	(*Mit Autorität*) Raus mit der Sprache, Mann! Was ist los?
VENDOREST:	(*Erschüttert*) Oh, es ist schrecklich! Schrecklich!
VON KLEMM:	Um Himmels willen, Mann, was ist denn los?
VENDOREST:	Der General … Er ist – er ist …
VON KLEMM:	Was?
VENDOREST:	Tot!
ELSA:	(*Schockiert und entsetzt*) Oh!
VON KLEMM:	(*Schockiert und ungläubig*) Tot?
MILLER:	Sagen Sie mal, machen Sie Witze oder was?
VENDOREST:	(*Aufgebracht*) Es ist Mord – Mord – Mord, sage ich Ihnen!
FANSHAW:	(*Sanft*) Ganz ruhig! Nehmen Sie sich zusammen!
VON KLEMM:	Aber das … das ist unmöglich. Das kann doch nicht wahr sein!
FANSHAW:	Wann haben Sie den General gefunden?
VENDOREST:	Gerade – gerade eben. Ich war in der Bibliothek, um die Aschenbecher zu holen. (*Verzweifelt*) Der General war – oh, es ist schrecklich, einfach schrecklich! Ich kann gar nicht …

Laute Tanzmusik übertönt plötzlich VENDOREST.

FANSHAW:	Es ist wohl besser, wenn Sie mit uns in die Bibliothek gehen.
VENDOREST:	Aber, Exzellenz …
FANSHAW:	Das darf doch nicht wahr sein!
VON KLEMM:	Sie dürfen den Gästen nichts davon erzählen, Sir Charles. Wir müssen es vorerst für uns behalten.
FANSHAW:	Gut, abgemacht. Miller, Sie könnten Elsa helfen, Hauptmann Rostard zu finden. Wenn Sie ihn gefunden haben, kommen Sie in die Bibliothek.
ELSA:	Charles …
FANSHAW:	(*Zu MILLER*) Kümmern Sie sich um das Mädchen.
MILLER:	In Ordnung.
FANSHAW:	(*Zu VON KLEMM*) Kommen Sie, Exzellenz!

Es ist weitere Musik zu hören.

DIE BIBLIOTHEK.

ERZÄHLER:	Ein Blick auf die Leiche von General Rostard, die schwer auf dem kleinen Tisch liegt, bestätigt sofort den Verdacht des Dieners, dass ein Verbrechen vorliegt. Ohne die Leiche zu bewegen, untersucht Sir Charles kurz die Uniform des Generals.
FANSHAW:	(*Sachlich*) Eine Kugel ins Herz. Da ist das Loch in seiner Jacke. Er muss sofort tot gewesen sein.
VON KLEMM:	(*Entsetzt*) Das ist furchtbar! Furchtbar. Dass so etwas hier passieren konnte – in der Botschaft! Es ist … Es ist einfach unfassbar!
FANSHAW:	(*Ruhig*) Ja. (*Zu VON KLEMM*) Wann hat Eure Exzellenz den General zuletzt lebend gesehen?
VON KLEMM:	Ähm … Lassen Sie mich nachdenken! Vor

	etwa einer Viertelstunde, würde ich sagen. Er war im Ballsaal und hörte der Musik zu. Ich sah, wie einer der Bediensteten mit ihm sprach. Das waren doch Sie, Paul, nicht wahr?
VENDOREST:	Ja, ja, Eure Exzellenz, das war ich. Ich habe dem General eine Nachricht überbracht.
FANSHAW:	Sie haben eine Nachricht überbracht? Kurz bevor er in die Bibliothek ging?
VENDOREST:	Ja, Sir.
FANSHAW:	Von wem war die Nachricht?
VENDOREST:	Das weiß ich nicht, Sir.
FANSHAW:	Das müssen Sie doch wissen! Wer hat Ihnen die Nachricht überhaupt gegeben?
VENDOREST:	Sie wurde vom Balkon geworfen, Sir, als ich vorbeikam.
FANSHAW:	Die Nachricht war an General Rostard adressiert, nehme ich an?
VENDOREST:	Oh ja, Sir! Ich war von dem Vorfall ziemlich verblüfft. Ich bin auf den Balkon gegangen, um zu sehen, ob jemand dort war.
FANSHAW:	Und, war jemand dort?
VENDOREST:	Nur Gräfin Elsa Sieler.
FANSHAW:	(*Überrascht*) Gräfin Sieler?
VON KLEMM:	(*Langsam*) Gräfin Sieler!
VENDOREST:	Ja, Eure Exzellenz. Offenbar suchte sie nach Hauptmann Rostard.
VON KLEMM:	Michael!
FANSHAW:	Sagen Sie, wirkte General Rostard überrascht, als er die Nachricht erhielt?
VENDOREST:	Nun, jetzt, wo Sie es erwähnen … Ja, das war er.
FANSHAW:	Interessant. Haben Sie die Nachricht gelesen?
VENDOREST:	(*Entsetzt über die Frage*) Ich? Oh, nein,

50

	nein, Sir.
FANSHAW:	(*Hakt nach*) Ganz sicher? Hm?
VENDOREST:	(*Aufrichtig*) Ja, Sir.
FANSHAW:	(*Mit Autorität*) Sie sind sich ganz sicher, dass Sie die Wahrheit sagen? Haben Sie den Zettel gelesen oder haben Sie ihn nicht gelesen?
VENDOREST:	(*Verlegen*) Nun, Sir, eigentlich …
FANSHAW:	(*Ungeduldig*) Was stand auf dem Zettel?
VENDOREST:	Sir Charles, ich erinnere mich, dass darauf stand: »Sofortiges Gespräch in der Bibliothek notwendig. Dringend.«
FANSHAW:	(*Nachdenklich*) Gut. In Ordnung. … Sie können gehen!
VON KLEMM:	(*Nachdrücklich zu VENDOREST*) Kein Wort davon, Vendorest, zu niemandem! Haben Sie verstanden?
VENDOREST:	Ja, Eure Exzellenz.

VENDOREST geht.

VON KLEMM:	Glauben Sie, dass er die Wahrheit sagt? Über die Nachricht, meine ich?
FANSHAW:	Ja, ja, er sagt die Wahrheit. (*Pause*) Eure Exzellenz, wann haben Sie das letzte Mal mit General Rostard gesprochen?
VON KLEMM:	Äh, kurz vor dem Interludium.
FANSHAW:	Und … äh – Michael … Hat der General mit Michael über Elsa gesprochen?
VON KLEMM:	Ja.
FANSHAW:	Haben sie sich gestritten?
VON KLEMM:	Nun, das nicht gerade, aber … Der General warnte ihn, dass er seinen Dienst quittieren müsse, wenn er auf der Heirat beharre – und Michael … verlor die Fassung …
FANSHAW:	Aha. Ich hatte schon befürchtet, dass so etwas passieren würde. Und nun sagen Sie

	mir, wer Ihrer Meinung nach am meisten vom Tod des Generals profitiert?
VON KLEMM:	Das weiß ich nicht, Sir Charles. Ich fürchte, er war nicht gerade … beliebt.
FANSHAW:	Wird der Tod des Generals die Unterzeichnung des Westovianischen Abkommen beeinflussen?
VON KLEMM:	Ja, ich fürchte, das ist fast unvermeidlich. General Rostard war der Hauptinitiator.
FANSHAW:	Wollen Sie damit sagen, dass die Leute, die am meisten vom Tod des Generals profitieren, diejenigen sind, die nicht wollten, dass das Westovianische Abkommen unterzeichnet wird?
VON KLEMM:	Nun – ja! Ja.
FANSHAW:	Darunter befindet sich natürlich auch Graf Sieler!
VON KLEMM:	Glücklicherweise ist Graf Sieler heute Abend nicht anwesend. Aber natürlich kann jeder andere Vertreter von Falkenstein …
FANSHAW:	… außer Elsa natürlich …
VON KLEMM:	Elsa ist nur als privater Gast hier! Auf jeden Fall … Elsa … Um Himmels willen, wollen Sie …

Das Gespräch wird unterbrochen, als sich die Tür öffnet, und MICHAEL ROSTARD, ELSA und MILLER eintreten.

ROSTARD:	(*Entsetzt, zu FANSHAW*) Charles! Charles! Das ist ja furchtbar! Ich habe es gerade erst erfahren. (*Zu VON KLEMM*) Eure Exzellenz, sicher ist etwas …
MILLER:	Immer mit der Ruhe, Junge!
ELSA:	(*Mit einem Ton der Verzweiflung in ihrer Stimme*) Michael …
FANSHAW:	Wir tun, was wir können, Michael. Wenn du dich dort drüben hinstellen möchtest, Elsa,

	neben Mr. Miller.
ELSA:	Ja, Charles.
FANSHAW:	So ist es gut, meine Liebe.
ROSTARD:	Charles, wurde er …?
FANSHAW:	Dein Onkel wurde ermordet, Michael. Er kam in die Bibliothek infolge einer Nachricht, die er erhalten hatte. Die Person, die diese Nachricht geschickt hat, war für seinen Tod verantwortlich!
ROSTARD:	Aber … Wer hat die Nachricht dem General übergeben?
FANSHAW:	Ein Diener namens Paul Vendorest. Offenbar wurde ihm die Nachricht vom Balkon des Ballsaals aus zugeworfen …
MILLER:	Hat dieser Mann niemanden auf dem Balkon gesehen?
FANSHAW:	Nur eine Person …
MILLER:	Na, da haben wir's! Das war die Person, die offensichtlich die Nachricht heruntergeworfen hat!
ROSTARD:	Ja, ja, genau!
FANSHAW:	Leider war die Person, die Paul Vendorest auf dem Balkon sah, eine Dame …
MILLER:	(*Ungläubig*) Sagen Sie mal, Sie glauben doch nicht, dass der alte General von einer Dame …?
ROSTARD:	(*Unterbricht, zu ROSTARD*) Na, also, wer war es?
FANSHAW:	Elsa!
ROSTARD:	(*Ungläubig*) Elsa?
MILLER:	(*Überrascht*) Gräfin Sieler?!
ELSA:	(*Defensiv*) Das ist richtig. Ich war auf dem Balkon. Ich erinnere mich jetzt, wie der Diener mit mir sprach. Da gibt es nichts Geheimnisvolles … Ich habe Michael gesucht!

53

MILLER:	War sonst noch jemand auf dem Balkon, Gräfin? Jemand, den dieser Diener nicht bemerkt hat?
ELSA:	Nein. Nein, ich glaube nicht. Außer, dass Sir Charles …
VON KLEMM:	(*Überrascht*) Sir Charles?
FANSHAW:	Ja, ja! Ich war während der Musik auf dem Balkon. Ich war aber nur für ein paar Augenblicke dort …
VON KLEMM:	Elsa, sind Sie ganz sicher, dass Sie sonst niemanden gesehen haben? Außer Sir Charles?
ELSA:	Oh, da bin ich mir ganz sicher.
VON KLEMM:	Sie wussten natürlich den wahren Grund, warum General Rostard hier in diesem Land war?
ELSA:	Um das »Westovianische Abkommen« zu unterzeichnen.
VON KLEMM:	Genau. (*Langsam*) Sie sind sich sicherlich auch bewusst, dass es für Ihren Vater von Vorteil ist, wenn …
ROSTARD:	(*Wütend*) Sagen Sie mal, was zum Teufel hat das alles zu bedeuten? Elsa hatte nichts mit dem Tod meines Onkels zu tun! Das wisst ihr alle!
VON KLEMM:	(*Sachlich*) Das müssen andere entscheiden, Michael …
FANSHAW:	(*Direkt, zu ELSA*) Elsa … Hast du die Nachricht vom Balkon geworfen?
ROSTARD:	(*Nachdrücklich*) Das hat sie nicht! Es wurde bereits gesagt, dass die Person, die die Nachricht geworfen hat, für den Mord verantwortlich ist!
FANSHAW:	Und?
ROSTARD:	(*Schnell*) Ich habe General Rostard getötet!

54

ELSA:	(*Entsetzt*) Was?!?! … Michael!
FANSHAW:	Du weißt ja nicht, was du das sagst!
ROSTARD:	Oh Doch, das tue ich sehr wohl! Ich weiß auch, was ich tat! Ich hatte allen Grund, ihn zu töten! Ich habe ihn die letzten zehn Jahre lang gehasst …
ELSA:	(*Entsetzt, sehr aufgebracht*) Michael! Michael, was sagst du da?
FANSHAW:	Ja, was bloß! (*Mit Autorität*) Nimm ihn mit zurück in den Ballsaal!
ELSA:	(*Schockiert*) Komm mit, Michael.

MICHAEL und ELSA gehen.

VON KLEMM:	Was tun wir?
FANSHAW:	Ich werde mich natürlich mit Scotland Yard in Verbindung setzen müssen.
MILLER:	Baron, ich möchte zu diesem Zeitpunkt nicht über das Geschäftliche sprechen, aber bedeutet dies das Aus für die Ölkonzessionen und das Westovia-Abkommen?
VON KLEMM:	Ich fürchte ja, Mr. Miller. Natürlich kann man sich in diesem Stadium nicht ganz sicher sein …
MILLER:	Das hoffe ich doch.
FANSHAW:	Eure Exzellenz, ich denke, es wäre vielleicht doch ratsam, wenn Sie Michael im Auge behalten würden.
VON KLEMM:	Ja. Ja, ich glaube, Sie haben recht. Übrigens, mein Arbeitszimmer steht Ihnen zur Verfügung, Sir Charles. Sie wissen ja, wo es ist.
FANSHAW:	Ja, danke.
VON KLEMM:	(*Murmelt beim Gehen*) Was für eine schreckliche Sache! Was für eine schreckliche Sache!

Eine Pause.

DER BALLSAAL.

ERZÄHLER: Zurück im Ballsaal beobachten Elsa und Michael auf die herumwirbelnden Tänzer und beneiden sie um ihr Glück: So sorglos ... so fröhlich ... so glückselig, ohne sich der Tragödie bewusst zu sein.

Aufblenden von Hintergrundmusik im Ballsaal.

ROSTARD: Setzen wir uns da drüben hin, Elsa.

ELSA: (*Sorgenvoll*) Oh, Liebling, können wir nicht von hier weggehen? Bitte ...

ROSTARD: Nein, nein, das dürfen wir nicht, Elsa.

Die Musik endet und es gibt einen Applaus.

ELSA: (*Verzweifelt*) Michael, du hast General Rostard doch nicht getötet, nicht wahr?

ROSTARD: (*Leise*) Bitte, nicht hier, meine Liebe.

ELSA: Oh, Michael, hör mir zu! Ich muß die Wahrheit wissen! Hast du deinen Onkel umgebracht?

ROSTARD: Wir können hier nicht reden, Elsa. Stell mir bitte keine Fragen mehr, Liebling! Bitte nicht!

ELSA: (*Sehr aufgebracht*) Michael, du kannst es nicht gewesen sein!

Applaus setzt ein.

ROSTARD: Schschsch, Liebling, jetzt kommt wieder eine Gesangsnummer!

Das Orchester setzt ein, und dann singen MADAME VASKAYA und ein SÄNGER eine romantische und doch melancholische Liebesballade. Als sie fertig sind, erhalten sie einen wohligen Applaus. Das Orchester spielt im Hintergrund weiter.

ROSTARD: Elsa, lass uns auf den Balkon gehen. Ich möchte mit dir reden.

ELSA: In Ordnung, Liebling.

Orchester ausblenden.

DIE BIBLIOTHEK.

ERZÄHLER: In der Bibliothek diskutieren Sir Charles und Mr. Miller immer noch über die verschiedenen Aspekte der Tragödie.

MILLER: Hören Sie, Sir Charles, ich weiß, dass es mich nichts angeht, aber dieser Junge – Michael –, glauben Sie, dass er den alten Mann wirklich umgebracht hat?

FANSHAW: Was meinen Sie, Mr. Miller?

MILLER: Nun, vielleicht bin ich einfach zu gefühlvoll, aber für mich sieht es so aus, als ob sein Geständnis falsch war.

FANSHAW: Michael hat gestanden, weil er den Eindruck hatte, dass seine Verlobte darin verwickelt ist.

MILLER: Gräfin Sieler? Großer Gott, Mann, so etwas könnte sie doch nicht tun!

FANSHAW: Frauen sind seltsame Geschöpfe, Mr. Miller. Unter bestimmten Umständen scheint ihre Vielseitigkeit keine Grenzen zu kennen.

MILLER: Oh, aber Sie glauben doch nicht wirklich …

FANSHAW: (*Unterbricht MILLER*) Dass Elsa Sieler den Mord begangen hat? Nein, das tue ich natürlich nicht. (*Pause*) Ich weiß sogar, wer General Rostard getötet hat.

MILLER: (*Verblüfft*) Sagen Sie mal – Sie wollen mich doch nicht auf den Arm nehmen, oder?

FANSHAW: Nein, das ist kein Scherz, Mr. Miller.

MILLER: Um Himmels willen, Mann, wenn Sie es wissen … Warum sagen Sie es dann nicht einfach?

FANSHAW: Hören Sie zu, Miller, ich brauche Hilfe! Ich brauche jemanden, auf den ich mich verlassen kann.

MILLER: Sie können sich auf mich verlassen, Sir

	Charles, das wissen Sie!
FANSHAW:	Ich hatte gehofft, dass Sie das sagen würden! (*Schnell*) Äh – haben Sie eine Waffe?
MILLER:	(*Überrascht über die Frage*) Eine Waffe? Was denn? Nein! (*Kichert*) Sagen Sie, es wird doch keine Schießerei geben, oder?
FANSHAW:	Das hoffe ich nicht. Das hoffe ich aufrichtig nicht.

Eine Uhr schlägt.

FANSHAW:	Viertel vor zwölf. Ich hätte nicht gedacht, dass es schon so spät ist.
MILLER:	Sagen Sie, was genau ist Ihr Plan?
FANSHAW:	Ich kann es Ihnen jetzt nicht sagen, aber ich brauche Ihre Hilfe, Miller.
MILLER:	Sicher, sicher. Aber was soll ich tun?
FANSHAW:	Ich möchte, dass wir uns kurz vor Mitternacht hier in der Bibliothek treffen.
MILLER:	In zehn Minuten, sagen wir? Okay, ich werde hier sein.
FANSHAW:	… und bereit zur Tat!
MILLER:	Bereit zur Tat! (*Fasziniert*) Sagen Sie mal, was wird denn genau passieren?
FANSHAW:	(*Langsam*) Um zwölf Uhr werde ich Ihnen die Person vorstellen, die General Rostard ermordet hat.

DER BALLSAAL.

Aufblenden von Tanzmusik, die das Orchester im Hintergrund spielt.

ELSA:	(*Aufgeregt und sorgenvoll*) Michael, Michael! Du musst mir die Wahrheit sagen! Die ganze Wahrheit!
ROSTARD:	Ich … Ich habe nichts mit dem Tod meines Onkels zu tun.
ELSA:	(*Erleichtert*) Oh!

58

ROSTARD:	Absolut nichts!
ELSA:	(*Erleichtert*) Oh, Gott sei Dank! Aber, Liebster, warum hast du dann …?
ROSTARD:	(*Unterbricht ELSA, ernsthaft*) Elsa, sag mir ganz ehrlich: Hast du irgendetwas mit dieser Sache zu tun?
ELSA:	(*Völlig schockiert über die Frage*) Ich?! Was denn? Michael!! Du glaubst doch nicht etwa, dass …?
ROSTARD:	(*Unterbricht*) Verzeih mir, Liebste, aber … Hast du oder hast du nicht?
ELSA:	(*Beleidigt*) Nein! Nein, natürlich habe ich nicht! (*Versteht jetzt*) Oh! Oh, deshalb hast du also …
ROSTARD:	(*Unterbricht ELSA*) Ja, ich habe mir Sorgen gemacht, Elsa. Ich wusste, was von Klemm dachte – und Charles übrigens auch. Ich wußte, daß dein Vater diesen Vertrag unbedingt verhindern wollte, und ich nehme an, sie dachten, dass du damit ein Motiv hättest.
ELSA:	Ja. (*Ruhig*) Michael, ich erwarte nicht, dass du glaubst, was ich jetzt sagen werde, aber es ist zufällig die Wahrheit. Die ganze Wahrheit!
ROSTARD:	Was ist es?
ELSA:	(*Mit Nachdruck*) Meinen Vater interessiert das »Westovianische Abkommen« überhaupt nicht – darauf gebe ich dir mein Wort, Michael! In Falkenstein sind wir zu sehr mit unseren eigenen Angelegenheiten beschäftigt, um uns den Kopf über Westovia zu zerbrechen.
ROSTARD:	Ich glaube dir, Elsa.
ELSA:	Vielen Dank, Michael.

Aufblenden der Tanzmusik. Als sie zu Ende ist, gibt es Ap-

plaus.

ELSA:	Wir müssen Charles finden, Michael, und zwar sofort! Und ihm die Wahrheit sagen!
ROSTARD:	Und, Elsa, du verzeihst mir doch, oder?
ELSA:	Oh, sei nicht albern, Liebling, es gibt nichts zu verzeihen.

Das Orchester setzt wieder ein und der SÄNGER singt ein Lied über die Treue zu seinem Land. Als er zu Ende gesungen hat, gibt es einen anerkennenden Applaus.

ROSTARD:	Charles muss noch in der Bibliothek sein. Ich kann ihn nirgends wo sehen.
ELSA:	Ich auch nicht. Oh, da ist der Botschafter – vielleicht hat er ihn ja gesehen.

Sie nähern sich VON KLEMM.

ROSTARD:	Oh, ich bitte um Verzeihung, Exzellenz, aber …
VON KLEMM:	Was ist los, Michael?
ROSTARD:	Ich wollte gerne mit Sir Charles sprechen.
VON KLEMM:	Er ist im Moment in meinem Arbeitszimmer und telefoniert. Wenn ich Sie wäre, Michael, würde ich in Ihr Zimmer gehen.
ROSTARD:	Aber ich muss Sir Charles sehen, Sir. Es ist sehr wichtig.
VON KLEMM:	Na gut. Wenn das so ist … (*Er wird durch den ankommenden VENDOREST unterbrochen*) Was ist los?
VENDOREST:	Verzeihen Sie, Exzellenz, aber ich habe eine Nachricht von Sir Charles Fanshaw für Sie.
VON KLEMM:	In Ordnung. Danke sehr. (*VON KLEMM öffnet die Nachricht und liest sie*) Na sowas!
ROSTARD:	Ich hoffe, es ist nichts Schlimmes, Sir?
VON KLEMM:	Nein, nein, ich glaube nicht – nur Sir Charles möchte mich um Mitternacht in der Bibliothek sehen.

Aufblenden Tanzmusik.

DIE BIBLIOTHEK.

Die Tanzmusik wird ausgeblendet.

ERZÄHLER: Um etwa fünf Minuten vor zwölf betritt Mr. Miller die Bibliothek. Ein paar Sekunden später folgt ihm Sir Charles Fanshaw. Die Bibliothekstür wird geschlossen …

Die Tür schließt sich.

MILLER: Ist, äh, alles in Ordnung?

FANSHAW: Ja.

MILLER: Er kommt also?

FANSHAW: Er wird um Mitternacht hier sein.

MILLER: Puh! Gott ist das heiß hier! Ich bin irgendwie nervös, Sir Charles – besonders mit dieser Leiche, die da liegt.

FANSHAW: Ja, das kann ich mir vorstellen. Ich bin auch ziemlich angespannt. Ich glaube, wir haben noch Zeit für eine Zigarette.

MILLER: Gar keine schlechte Idee!

FANSHAW: Nehmen Sie eine von meinen, Miller, sie werden Ihnen schmecken!

MILLER: Oh, danke.

FANSHAW: Äh, darf ich Ihnen Feuer geben?

MILLER: Danke, danke.

FANSHAW gibt MILLER Feuer.

FANSHAW: Hören Sie zu, Miller, ich möchte, dass Sie sich dorthin stellen. … So ist es richtig – neben den Kamin. … Nein, ein bisschen mehr nach links – genau so. Können Sie die Tür gut sehen?

MILLER: Nur durch diesen Spiegel.

FANSHAW: Oh, das ist schon in Ordnung.

MILLER: Wie – äh – wie spät ist es?

FANSHAW: Nun, wenn die Uhr richtig geht, haben wir noch ein bisschen Zeit.

MILLER: Oh.

Eine Pause.

FANSHAW: Gute Zigaretten, nicht wahr? Ich habe sie speziell für mich herstellen lassen.

MILLER: (*Freundlich*) Ein bisschen zu stark.

FANSHAW: Aber gut für die Nerven!

MILLER: Oh Mann, dann ist sie genau richtig! Ich zittere wie Espenlaub!

FANSHAW gluckst.

MILLER: Sagen Sie, Sir Charles …

FANSHAW: Hm?

MILLER: Es ist die Person, die ich meine, nicht wahr?

FANSHAW: Ja.

MILLER: Aber das ist mir unbegreiflich! Warum sollte …

Die Uhr schlägt zwölf.

FANSHAW: Pssst, pssst, pssst!

Die Uhr schlägt weiter.

FANSHAW: Wohin starren Sie so, Mr. Miller?

MILLER: Na, auf die Tür, natürlich.

FANSHAW: Das ist interessant. Erwarten Sie jemanden?

MILLER: (*Verwirrt*) Ob ich jemanden erwarte? (*Wütend*) Sagen Sie, was soll das? Sie sagten, er würde um Mitternacht hier sein – der Mann, der General Rostard ermordet hat …

FANSHAW: Stimmt, das habe ich.

MILLER: Und, wo ist er?

FANSHAW: Wenn Sie Ihren Kopf leicht anheben, können Sie ihn gut sehen.

MILLER: (*Unruhig*) Was – was meinen Sie?

FANSHAW: Den Spiegel, mein lieber Mr. Miller. Den Spiegel!

MILLER: (*Erhebt seine Stimme*) He, was soll das?

FANSHAW: Was das soll? Wissen Sie das denn nicht? Wirklich! Ich bin überrascht, Mr. Miller! In Ihrem charmanten Jargon ist das doch sicher

	das, was man mit einem Fachterminus als Showdown bezeichnet.
MILLER:	(*Verärgert*) Sie meinen …?
FANSHAW:	(*Mit Nachdruck*) Sie haben General Rostard getötet!
MILLER:	(*Kichert*) Ich habe General Rostard getötet! Ha! (*Lacht*) Ha! Das ist ja wirklich lustig. Das ist wirklich gut! Sie kleiner Verrückter, ich bin der Letzte auf der Welt, der ihn umbringen wollte! Ohne den General gibt es kein Abkommen, kein Darlehen, kein gar nichts!
FANSHAW:	Das ist genau der Grund, mein lieber Mr. Miller, warum Sie ihn ermordet haben.
MILLER:	Genau deshalb habe ich ihn ermordet? Ha, ha, sagen Sie, Sie sind doch verrückt, Sir Charles!
FANSHAW:	Ja, Sie und das Syndikat, das Sie vertreten, hatten nicht die geringste Absicht, Westovia ein Darlehen von fünfzehn Millionen zu gewähren! Sie kamen nach Europa mit einem bestimmten Ziel vor Augen! Nur mit *einem* bestimmten Ziel! Um Graf Sieler zu erpressen, damit er Ihnen die Erschließung der Falkensteiner Ölfelder erlaubt!
MILLER:	(*Ungläubig*) Die Falkensteiner Ölfelder? Das ist eine Lüge! Das ist …
FANSHAW:	Oh, machen Sie keinen Fehler, Mr. Miller! Ich unterschätze Ihre Intelligenz nicht. Es war ein ziemlich genialer Plan. Als Gegenleistung für die Großzügigkeit des Grafen waren Sie bereit, Westovia jegliche finanzielle Unterstützung zu entziehen. Damit wäre das Westovia-Abkommen nicht unterzeichnet worden und Graf Sieler hätte seine

bevorstehende Eroberung Westovias in aller Ruhe fortsetzen können! Oh, es war alles so einfach! Doch zu Ihrem Erstaunen mussten Sie bei der Besprechung des Problems mit Graf Sieler feststellen, dass die Grundidee Ihres Plans auf Gerüchten beruhte … Gerüchten, die der Graf zu Ihrem Leidwesen nicht bestätigte! Der Graf war nicht an dem von Ihnen vorgeschlagenen Darlehen an Westovia interessiert. Der Graf hat sich nicht für das Westovia-Abkommen interessiert! Der Graf bereitete auch keinen Krieg gegen Westovia vor! Das war eine schöne Bescherung, nicht wahr, Mr. Miller? Die Dinge waren schon viel weiter gediehen, als Sie beabsichtigt hatten. Ihr charmantes kleines Syndikat von hartgesottenen Geschäftsleuten, das Sie vertreten – Sie waren nur ein bezahlter Mittelsmann – hatte nicht die geringste Absicht, sich von fünfzehn Millionen Pfund zu trennen! (*Leichte Pause*) Und dann erschien der General auf der Bildfläche, entschlossen, alles so schnell wie möglich zu regeln. Da mussten Sie handeln! Und zwar schnell – und Sie taten es auch!

MILLER: (*Wütend*) Gehen Sie von der Tür weg, haben Sie nicht gehört?

FANSHAW: Ich kann Sie kaum überhören, Mr. Miller.

MILLER: Noch ein Satz von Ihnen und Sie liegen auf Eis!

FANSHAW: Eine erfrischende Erfahrung, da bin ich mir sicher.

MILLER: Jetzt raus mit der Sprache – und zwar schnell! Sind Sie der Einzige, der Bescheid weiß?

FANSHAW:	Ich – äh, wie bitte?
MILLER:	Halten Sie mich nicht hin, Sie haben gehört, was ich gesagt habe.
FANSHAW:	(*Kichert*) Oh ja, ich habe genau gehört, was Sie gesagt haben.
MILLER:	Und? Keine Mätzchen! (*Schläfrig*) Oh …
FANSHAW:	Sind Sie müde, Mr. Miller?
MILLER:	Ja, ich … ich fühle mich schläfrig. Was … was ist bloß los?

Eine Pause.

FANSHAW:	Die Zigarette.
MILLER:	(*Entsetzt*) Die Zigarette? Die Zigarette? Was denn … Sie haben … Sie haben mich vergiftet?
FANSHAW:	(*Lacht*) Erinnern Sie sich, Mr. Miller? Ich habe sie speziell für mich anfertigen lassen.
MILLER:	(*Sehr benommen*) Oh Gott, mein Kopf! Mein Kopf ist … verdammt … verdammt …

Die Tür öffnet sich und VON KLEMM *stürmt in Begleitung von* INSPEKTOR DAVIS *herein.*

VON KLEMM:	Es tut mir leid, dass ich zu spät komme, Sir Charles. Ihre Freunde von Scotland Yard wollten zuerst mit mir sprechen.
FANSHAW:	Sie kommen nicht zu spät, Sir. Ah, guten Abend, Inspektor.
DAVIS:	Guten Abend, Sir Charles. Was für eine unangenehme Angelegenheit!
FANSHAW:	Ja, in der Tat! (*Zeigt auf* MILLER) Hier – er gehört Ihnen.
DAVIS:	Hm. Sie haben ja schon alles erledigt. Fast. Ich muss ihm nur noch die Handschellen anlegen! Na, dann …
FANSHAW:	Es wird nicht leicht sein, ihn zu wecken – er schläft sehr fest.
DAVIS:	Nimmt seinen Schönheitsschlaf, was? Macht

nichts. Meine Männer werden sich um ihn kümmern! (*Ruft*) Phillips! McKay! Herein mit Ihnen!

VON KLEMM: Nun, Sir Charles – das ist wirklich bemerkenswert! Ich habe Ihren Brief erhalten, in dem Sie mir von Miller berichteten. Wie haben Sie das überhaupt herausgefunden?

FANSHAW: Nun, durch einen meiner Männer – einen Kerl namens Price. Er arbeitet in der Botschaft von Falkenstein. Er hat mir einen Tipp hinsichtlich Millers gegeben.

VON KLEMM: Er arbeitet in der Botschaft von Falkenstein? Nun, ich muss schon sagen, Sie scheinen Ihre Agenten ziemlich gut platziert zu haben.

FANSHAW: (*Kichert*) Ja. Wie unser Freund Miller gesagt hätte: »Sie würden sich wundern!«

Eine Pause.

DER BALLSAAL.

ERZÄHLER: Als Sir Charles und Graf von Klemm in den Ballsaal zurückkehren, finden sie zu ihrem Erstaunen eine aufgeregte und unruhige Atmosphäre vor.

VON KLEMM: Es sieht so aus, als hätten die Gäste das mit Miller mitbekommen und …

FANSHAW: (*Unterbricht VON KLEMM*) Oh, da bin ich mir nicht so sicher. Da ist ja Michael!

ROSTARD: (*Zu VON KLEMM*) Eure Exzellenz!

VON KLEMM: Was ist, Michael?

ROSTARD: Graf Sieler ist hier!

VON KLEMM: (*Schockiert*) Graf Sieler! Hier? In der westovianischen Botschaft! Bringen Sie mich zu ihm!

ELSA: Michael …

ROSTARD: Elsa – dein Vater! Er ist da!

ELSA:	Ja, Michael, ich weiß.
ROSTARD:	Das weißt du?
ELSA:	Ja, ich habe ihn gebeten, zu kommen.
ROSTARD:	(*Überrascht*) Du … du hast ihn gebeten ...
ELSA:	Ja.
ROSTARD:	Elsa, mein Schatz!
ELSA:	Oh, Michael …

GRAF SIELER nähert sich.

SIELER:	Hauptmann Rostard!
VON KLEMM:	Exzellenz!
ROSTARD:	Graf Sieler!
SIELER:	(*Zu VON KLEMM*) Eure Exzellenz, meine Tochter hat mich über das Telefon im Arbeitszimmer über den tragischen Tod Ihres Premierministers – General Rostard – informiert. Ich bin hier, um meine tiefe und aufrichtige Trauer zu bekunden. Dabei hoffe ich inständig, dass diese Tragödie, so bedauerlich sie auch ist, vielleicht dazu beiträgt, die Bande zwischen unseren beiden Ländern – Westovia und Falkenstein – zu festigen. Und ein neues Band der Freundschaft und des gegenseitigen Verständnisses zwischen ihnen zu knüpfen. Hauptmann Rostard!
ROSTARD:	Exzellenz!
SIELER:	Weisen Sie Ihr Orchester an, die falkensteiner Nationalhymne zu spielen.
VON KLEMM:	Graf Sieler, ich glaube, dies ist das erste Mal, dass Sie die westovianische Botschaft betreten. Glauben Sie mir, Eure Exzellenz, mein Land heißt Sie willkommen.

Das Orchester spielt die falkensteiner Nationalhymne.

ENDE.

Murder in the Embassy

Ausstrahlung
(BBC London Regional): Mittwoch, 4. August 1937, 21.00 Uhr
(BBC National): Donnerstag, 5. August 1937, 20.00 Uhr
Dauer: 61'22''

Hauptmann Michael Rostard, von der westovianischen Armee, Neffe von General Rostard . . . . JACK MELFORD

Sir Charles Fanshaw, vom Außenministerum . . . . NORMAN SHELLEY

Benson, Sir Charles' Diener . . . . ERNEST SEFTON

Madame Vaskaya, bekannte Sopranistin . GARDA HALL

Gräfin Elsa Sieler, Tochter von Graf Sieler . JANE CARR

General Rostard, Premierminister und Diktator von Westovia . . . . HENRY VICTOR

Hiram E.Miller, aus Detroit . . . . FRED DUPREZ

Baron von Klemm, der westovianische Botschafter . . . . BORIS RANEVSKY

Paul Vendorest, ein Diener in der Botschaft von Westovia . . . . .PAUL VERNON

Ein Sänger . . . . MORGAN DAVIES

Inspektor Davis, von Scotland Yard . . . . . EDWIN ELLIS

Graf Sieler, Diktator von Falkenstein . . ERNEST SEFTON

Erzähler . . . . BARRY FERGUSON

Erster weiblicher Gast . . . . .ANN CODRINGTON

Zweiter weiblicher Gast . . . . RUTH BERESFORD

Ein Melodram von . . . . .FRANCIS DURBRIDGE
mit Musik von . . . . AUGUSTUS FRANZEL
Orchester dirigiert von . . . . AUGUSTUS FRANZEL
Dirigent BBC-Theatre-Orchestra . . . MARK H. LUBBOCK
Produktion und Regie . . . . ARCHIE CAMPBELL

Murder at the Embassy

Ausstrahlung (BBC Home Service):
Donnerstag, 11. April 1946, 21.25 Uhr
Dauer: 60 Minuten

Sir Charles Fanshaw . . . . GRIFFITH JONES
Colonel Michael Rostard . . . . . . ALBERT LIEVEN

General Rostard . . . . FREDERICK VALK
Baron Clemesco . . . . BERNARD REBEL
Graf von Falkenstein . . . . . FRIEDRICH RICHTER
Gräfin Therese von Falkenstein . . . IRENE PRADOR
Joseph D. Miller . . . . CHARLES FARRELL
Madame Anna Vaskya . . . . GWEN CATLEY
Ein Sänger . . . . ROBERT IRWIN
Paul . . . . OLAF OLSEN
Benson . . . . JACK WILLIAMS
Inspektor Davis . . . . JOHNNIE SCHONFIELD
Präsident einer internationalen Konferenz . . JOHN CLIFFORD
Dolmetscher . . . . GEORGE DE WARFAZ
Gäste . . . . ANN CODRINGTON, THEA WELLS

Ein Melodram mit Musik basierend auf einem
Manuskript von . . . . FRANCIS DURBRIDGE
Radiobearbeitung von . . . . DAVID KEAN
Musik und Orchester . . . . AUGUSTUS FRANZEL
Dirigent BBC-Revue-Orchester . FRANK CANTELL
Produktion und Regie . . . . . . ARCHIE CAMPBELL

Radio Times, Ausgabe 1175/1946, Seite 14

Francis Durbridge
Mr. Lucas

Die handelnden Personen

PETER HOOVER	Kriminalinspektor
BILL LEADBETTER	Spielzeugfabrikant
JOYCE WHITMAN	Lehrerin
SIR HUBERT BRANDON	Adeliger Wohltäter
MAJOR DALLAS	Superintendent
DAI MORGAN	Politikinteressierter Waliser
LUIGI PIETRO	Betreiber des Clubs *Fantasia*
CRAWLEY ALIAS MR. LUCAS	Kriminalinspektor
ELSA	Sekretärin von Dallas
NORMAN BRANDON	Sir Huberts Bruder
WALKER	Bahnhofsvorsteher
DIVERSE PASSAGIERE	
DIVERSE HELFER	
EIN BAHNHOFSANSAGER	
EIN TICKETKONTROLLEUR	
EINE JUNGE FRAU	
EIN JUNGER MANN	
DIVERSE STIMMEN	

Die Handlung spielt in London und Cranbury und auf der Bahnstrecke zwischen den beiden Orten im Jahre 1945.

Mr. Lucas

Wir hören die Titelmusik – es ist eine spannende und moderne Melodie. Sie steigert sich zu einem dramatischen Crescendo. Dann wird auf das Geräusch eines Zugs überblendet. Das Fahrgeräusch ist noch eine ganze Weile zu hören, während CRAWLEY *alias* MR. LUCAS *spricht. Er spricht aus einer Ecke eines Abteils in der ersten Klasse und scheint ein Mann um die fünfzig zu sein. Er hat einen Akzent aus dem Norden.*

MR. LUCAS: Lucas ist mein Name. Walter Lucas. Hatte mal ein kleines Geschäft vor der Rezession oder Depression, oder wie auch immer die Politiker das heutzutage nennen. Spielzeug. Kinderspielzeug. Hochwertige Ware. Nichts Billiges und Wertloses. (*Vertraulich*) Hatte ein ganzes Jahr lang ein wunderbares Sortiment. Mechanische Äffchen. So was Lustiges! (*Kichert*) Frauchen hat immer gesagt, sie amüsieren mich mehr als die Kinder … (*Er kichert weiter*)

Aufblenden des Zuges. Überblenden zu Musik. Als die Musik ihren Höhepunkt erreicht, wird sie langsam ausgeblendet.

Aufblenden einer Schreibmaschine. Eine Tür öffnet und schließt sich.

HOOVER: Sie haben mich rufen lassen, Superintendent?

DALLAS: Oh, hallo, Peter! Ja, kommen Sie rein. (*Die Schreibmaschine stoppt*) Das ist alles, Elsa.

	Bringen Sie die Aktennotiz runter zu Inspektor Worthing und dann bringen Sie uns etwas Tee.
ELSA:	Jawohl, Sir.
HOOVER:	Äh – und keinen Zucker, Elsa.
ELSA:	(*Amüsiert*) Nein, Sir.

Die Tür öffnet und schließt sich.

DALLAS:	(*Freundlich*) Waren Sie jemals in Kopenhagen, Peter?
HOOVER:	In Kopenhagen? Ja, ich war vor zwei Jahren dort. Es hat mir dort sehr gut gefallen. Warum fragen Sie?
DALLAS:	Sie haben nicht zufällig einen Blick auf die Ramonhoff-Halskette geworfen?
HOOVER:	Doch, das habe ich. Ich war mit meiner Mutter dort. Sie hat darauf bestanden, alles zu sehen. Sieben Kirchen, fünf Museen und drei Paläste – in vier Tagen! Mein Gott, ich war noch nie so müde! Aber warum erwähnen Sie das Ramonhoff-Kette?
DALLAS:	Gestern Abend erhielt ich einen Anruf von unserem dänischen Freund – Nils Jorgan. Zu sagen, dass er sich besorgt anhörte, wäre wäre die Untertreibung des Jahres. Vor zwei Tagen wurde die Ramonhoff-Kette gestohlen und …
HOOVER:	Gestohlen! Die Ramonhoff-Kette! Das soll wohl ein Scherz sein!
DALLAS:	Es ist wahr, Peter.
HOOVER:	Das ist ja unglaublich! Sie sagen, das war vor zwei Tagen?
DALLAS:	Ja.
HOOVER:	Haben die Dänen eine Ahnung, wer sie gestohlen hat?
DALLAS:	Ja, das haben sie. Sie vermuten, ja, sie wis-

74

sen sogar, dass es ein Mann namens Baur war. Colonel Baur.

HOOVER: Baur? Der Name kommt mir bekannt vor.

DALLAS: Baur ist ein Gauner, und ein verdammt dreister Gauner noch dazu! Interpol versucht schon seit Jahren, ihn zu schnappen. Eigentlich schon so lange ich mich erinnern kann. Laut Nils wurde die Kette nach Nestavund gebracht, ein kleines Dorf etwa sechzehn Kilometer südlich von Kopenhagen. In Nestavund übergab Colonel Baur die Kette an einen Komplizen namens Conrad Sterne. Sterne hatte den Auftrag, die Kette nach England zu bringen.

HOOVER: Warum nach England?

DALLAS: Können Sie sich nicht denken, warum? (*Ein Augenblick*) Sie wissen genauso gut wie ich, dass wir momentan in diesem Land den berüchtigtsten Hehler Europas haben. Wer er ist, wo er ist und von wo aus er operiert, wissen wir nicht im Geringsten. Seit Monaten versuchen wir, diesen Bastard zu fassen, aber ohne Erfolg.

HOOVER: Und Sie glauben, dass Sterne Anweisungen erhalten hat, diesen Mann zu kontaktieren?

DALLAS: Ich bin mir sicher, dass er das hat. Ich glaube nicht, dass es da irgendeinen Zweifel daran gibt. Unser Freund – nennen wir ihn X – ist der einzige Hehler in Europa, der hoffen könnte, einen Markt für die Kette zu finden. Vor drei Monaten wurde ein Bild aus der Nationalgalerie gestohlen. Ein Rembrandt. Innerhalb von zwölf Stunden wurde es von X übernommen – das wissen wir ganz genau. (*Kurze Pause*) Ich brauche Ihnen wohl nicht zu sagen, Peter, dass wir bei Scotland Yard an X interessiert sind. Nicht an Colonel Baur.

HOOVER: Ist Sterne hier angekommen?

DALLAS: Ja. Er landete heute Morgen in Heathrow mit einem British-Airways-Flug aus Helsinki.

HOOVER: Wer beschattet ihn?

DALLAS: Inspektor Crawley.

HOOVER: Sie hätten sich keinen besseren Mann dafür aussuchen können.

DALLAS: Ich hoffe nur, dass Sie recht haben.

HOOVER: Sagen Sie, Sir – dieser Hehler, dieser Mr. X, wie Sie ihn nennen, haben wir keine Ahnung, wer er sein könnte?

DALLAS: Nein, haben wir nicht. Die meisten Hehler sind uns bekannt, sie versorgen uns sogar von Zeit zu Zeit mit Informationen. Aber dieser Kerl ist anders, er ist in einer ganz anderen Liga. Seine Kontakte müssen fantastisch sein.

HOOVER: Was denkt Crawley?

DALLAS: Crawley hat ein Auge auf einen Mann namens Pietro geworfen. Luigi Pietro.

HOOVER: Ich kenne Pietro. Er betreibt den Fantasia-Club in Piccadilly.

DALLAS: Richtig. Ich bin anderer Meinung als Crawley. Für mich ist Pietro ein kleiner Fisch.

HOOVER: Warum verdächtigt Crawley ihn?

DALLAS: Offenbar hat Pietro Interesse an mehreren Antiquitätengeschäften und vor drei Jahren … (*Das Telefon klingelt*) Entschuldigen Sie mich! (*Er hebt den Hörer ab*) Hallo? … Ja, am Apparat … (*Zu HOOVER, schnell*) Es ist Crawley! (*Plötzlich*) Hallo, Crawley! Wie läuft es? … Was? … (*Lange Pause. Ange-*

	spannt) Was ist denn passiert? … Ich ver-stehe … Ja, ich höre Ihnen zu … Okay. Okay, Crawley, Sie wissen, was zu tun ist. … Nein, nein, machen Sie sich diesbezüg-lich keine Sorgen. Ich werde mich mit Nils in Verbindung setzen … (*Er legt den Hörer auf*)
HOOVER:	Was ist los, Sir?
DALLAS:	Sterne bemerkte plötzlich, dass er verfolgt wurde und machte sich aus dem Staub …
HOOVER:	Was ist passiert?
DALLAS:	(*Leise*) Crawley hatte den gesunden Men-schenverstand, über Funk die Son-dereinsatztruppe anzufordern. So haben Sie Sterne aufgegriffen und die Kette bei ihm gefunden.
HOOVER:	Mein Gott, das ging ja schnell! Nils wird begeistert sein!
DALLAS:	Ja, in der Tat. Und wissen Sie, wo sie unse-ren Freund aufgegriffen haben?
HOOVER:	Nein?
DALLAS:	In Piccadilly. Er war gerade dabei, den Fan-tasia-Club zu betreten.

Musik aufblenden.

DER FANTASIA-CLUB.

Musik wird langsam ausgeblendet, LUIGI PIETRO wird lang-sam aufgeblendet.
LUIGI PIETRO ist Italiener und extrem extrovertiert.

PIETRO:	Superintendent, sagen Sie mir bitte, was ist der Grund für Ihren Besuch in meinem Club? Ich habe nichts zu verbergen vor der Polizei. Ich führe ein höchst respektables Etablissement. Also sagen Sie mir bitte: Warum sind Sie hier?

DALLAS:	Wenn Ihr Etablissement so seriös ist, wie Sie sagen, warum sind Sie dann so nervös, Pietro?
PIETRO:	Sie machen mich nervös, mein Freund. Sie machen mich immer nervös. Ich kann Sie nicht verstehen. Sie sind immer so misstrauisch.
DALLAS:	(*Leise, beobachtet* PIETRO) Pietro, erinnern Sie sich an die Glasgow-Affäre?
PIETRO:	Das ist schon eine Weile her. Ich war damals sehr dumm. Ich wusste nicht, dass die Ware gestohlen war, sonst …
DALLAS:	Wenn ich nicht eingegriffen hätte, hätten Sie fünf Jahre bekommen ...
PIETRO:	(*Schnell, das Thema ist ihm unangenehm*) Ja. Ja, ich weiß – und ich bin Ihnen auch sehr dankbar dafür. Das habe ich Ihnen damals auch gesagt. Ich habe Ihnen sogar angeboten …
DALLAS:	Ich erinnere mich nur zu gut an das, was Sie mir angeboten haben, mein Freund. Nur zu gut. (*Langsam, ein Hauch von Verachtung in seiner Stimme*) Ich kann Sie nicht leiden, Pietro. Ich habe Sie nie gemocht. Und falls es Sie tröstet, ich glaube immer noch, dass Crawley sich irrt. Sie sind nur ein widerlicher kleiner Fisch in einem sehr großen Teich.
PIETRO:	Verdammt noch mal, ich habe keine Ahnung, wovon Sie da reden! Was Crawley angeht, er hat es auf mich abgesehen! Was mich angeht, hat er einen völlig verkehrten Blick!
DALLAS:	(*Leise*) Pietro, hören wir doch auf, um den heißen Brei herumzureden. Sie wissen, wa-

rum ich hier bin. Ein Mann namens Conrad Sterne wurde von einem Colonel Baur beauftragt, Sie zu kontaktieren.

PIETRO: (*Ehrlich erstaunt*) Colonel Baur? Ich habe noch nie von jemandem gehört, der Colonel Baur heißt! Ich schwöre Ihnen, ich …

DALLAS: (*Überzeugt*) Aber Sie haben doch von Conrad Sterne gehört. Sagen Sie nicht, Sie hätten nicht von ihm gehört, denn wir haben ihn geschnappt.

PIETRO: (*Unterbricht DALLAS*) Ja, ich habe von Sterne gehört. Aber ich kenne ihn nicht. Er ist kein Freund von mir. (*Leichte Pause, nervös*) Ich werde Ihnen genau sagen, was passiert ist. Und es ist die Wahrheit! Ich schwöre Ihnen, es ist die Wahrheit …

DALLAS: In Ordnung, Pietro! Also gut. Also, was ist passiert?

PIETRO: Vor zwei Wochen kam ein Mann hierher – ins *Fantasia*. Ich hatte ihn noch nie gesehen, aber er lud mich zu einem Drink an seinen Tisch ein. Er übergab mir einen Brief, der an einen Mann namens Conrad Sterne adressiert war. Man sagte mir, Sterne würde irgendwann in dieser Woche hier – im Club – vorbeikommen. Ich wurde gebeten, ihm den Brief zu übergeben. Das ist alles, was ich weiß … Ich schwöre Ihnen, das ist alles, was ich weiß, Superintendent!

DALLAS: Haben Sie den Brief noch?

PIETRO: (*Einen Moment, dann*) Ja.

DALLAS: Geben Sie ihn mir.

PIETRO öffnet eine Schublade in seinem Schreibtisch.

PIETRO: Hier ist er.

Eine Pause.

DALLAS:	(*Leise*) Was haben Sie dafür gekriegt?
PIETRO:	Der Mann gab mir fünfhundert Pfund. Er sagte mir, dass ich weitere fünfhundert Pfund von Sterne erhalten würde. (*Rasch, ohne nachzudenken*) Aber in dem Brief steht nichts von Bedeutung. Es ist lediglich eine Einladung für ... (*Er reißt sich zusammen*)
DALLAS:	(*Langsam, prüft den Brief*) Ja, ich sehe, Sie haben ihn über Dampf geöffnet. (*Einen Moment*) Wie war dieser Mann – der Mann, der Ihnen den Brief gegeben hat?
PIETRO:	Oh, er war ziemlich groß, dunkel, sprachgewandt. Ziemlich gut aussehend ...
DALLAS:	Ich hoffe, Sie sagen mir die Wahrheit ...
PIETRO:	(*Schockiert*) Superintendent, ich soll nie wieder ein Wort sprechen können, wenn ich Sie jetzt angelogen habe! Wenn ich lüge, dann soll mein Club zusammenbrechen wie ein Kartenhaus!
DALLAS:	(*Ruhig, aber mit einem seltsamen bedrohlichen Ton*) Wenn Sie lügen, Pietro, wird er das wahrscheinlich auch.

PIETRO lacht. Es ist ein nervöses, unruhiges, kleines Lachen. Die Titelmusik erklingt. Wenn die Musik ein Crescendo erreicht, wird sie langsam ausgeblendet.

DAS BÜRO VON KRIMINALINSPEKTOR HOOVER.
Überblenden zum Geräusch einer Schreibmaschine. Eine Tür öffnet sich.

DALLAS:	Hallo, Peter!
HOOVER:	Würde es Sie stören, uns allein zu lassen, Elsa? Ich möchte gerne ein Wort mit dem Superintendent unter vier Augen sprechen.

ELSA hört auf, auf der Schreibmaschine zu tippen.

ELSA:	In Ordnung, Sir.

80

DALLAS:	Wir hätten gerne etwas Tee, Elsa …
ELSA:	Ja, Sir.
HOOVER:	Äh – kein Zucker …
ELSA:	(*Leicht amüsiert*) Gerne, Sir.

Die Tür öffnet und schließt sich.

DALLAS:	Du siehst sehr zufrieden aus, Peter!
HOOVER:	Das bin ich auch. Wir haben das Briefpapier und den Umschlag untersucht. Der Umschlag war eine ziemliche Herausforderung. Ich denke, das liegt wahrscheinlich daran, dass Pietro ihn mit Dampf geöffnet hat.
DALLAS:	Ja, das ist durchaus möglich. Hatten Sie Glück?
HOOVER:	Ja. Sie hatten recht, Sir. Der Brief selbst war blanker Unsinn. Die Jungs aus dem Labor entdeckten jedoch etwa drei oder vier Zeilen mit unsichtbarer Schrift auf dem Briefpapier und zwei oder drei weitere auf dem Umschlag. Wir haben sie in die richtige Reihenfolge gebracht – und dann ergaben sie einen Sinn.
DALLAS:	Welchen?
HOOVER:	Die Botschaft ist eigentlich recht kurz. Unser mysteriöser Freund X möchte, dass Sterne den Zug um 19 Uhr 15 nach Carlisle nimmt – von Euston aus, nächsten Samstag. Sterne soll in Gestalt eines Geschäftsmannes aus dem Norden des Landes reisen. – Eines Spielzeugfabrikanten. Sein Name: Walter Lucas. Er soll einen Koffer mit seinen Initialen tragen und einen Platz in der ersten Klasse – vorzugsweise Nichtraucher – reservieren. (*Einen Moment, lächelt*) Jetzt kommen wir zum interessanten Teil, Sir.
DALLAS:	Ach?

HOOVER:	X plant, Sterne im Zug zu kontaktieren und dort dann die Kette in Empfang zu nehmen!
DALLAS:	Mein Gott, das ist die Chance, auf die wir gewartet haben! X kommt endlich aus seinem Schlupfloch! Haben Sie schon mit Crawley darüber gesprochen?
HOOVER:	Noch nicht, Sir. Aber ich werde es tun. Er kann Akzente gut nachmachen. Er sollte einen sehr guten »Mr. Lucas« abgeben.
DALLAS:	Genau das habe ich mir auch gedacht!

Musik aufblenden.

DER BAHNHOF VON EUSTON.

Wenn die Musik ihren Höhepunkt erreicht, blendet sie langsam aus. Aufblenden allgemeiner Hintergrundgeräusche eines großen Bahnhofs.

BAHNHOFSANSAGER: Der Zug nach Torquay fährt von Gleis 7 ab. Er hält in Bristol, Yeovil, Dorchester, Weymouth, Clevedon, Weston-super-Mare, Bridgewater, Taunton, Exeter, Dawlish und Teignmouth ... Fahrgäste nach Exeter reisen im hinteren Teil des Zuges ... Der Zug nach Torquay fährt von ...

Ausblenden des BAHNHOFSANSAGERS.

KONTROLLEUR: (*An der Kontrollstelle*) Die Fahrkarten, bitte ... Die Fahrkarten, bitte ... Bahnsteig 9, Sir ... Die Fahrkarten, bitte ... Sie müssen auf die andere Seite, Miss ... Bahnsteig 13 ... Danke ... Die Fahrkarten, bitte ...

Ausblenden des TICKETKONTROLLEURS.
Zuggeräusche aufblenden, Hintergrundgeräusche aufblenden.

EIN ERSTE-KLASSE-ABTEIL IN EINEM ZUG.

Hintergrundgeräusche ausblenden.
Die Schiebetür eines Eisenbahnabteils wird geöffnet.

82

PETER HOOVER tritt ein.

HOOVER: Ist dieser Platz schon besetzt?

LEADBETTER: (*Ein freundlicher Mann um die fünfundvierzig mit leichtem Yorkshire-Akzent*) Nein, ich glaube nicht …

MORGAN: Nein. Nein, er ist nicht besetzt. (*DAI MORGAN ist Waliser, verbissen*)

HOOVER legt seine Sachen auf die Ablage.

LEADBETTER: Etwas kühl, nicht?

HOOVER: Doch, ja.

MORGAN: Entschuldigung, bitte – Gentlemen, Sie haben doch sicherlich bemerkt, dass das hier ein Nichtraucherabteil ist?

LEADBETTER: (*Überrascht*) Oh …

HOOVER: Ach ja, stimmt …

LEADBETTER: Haben Sie etwas gegen das Rauchen, Sir?

MORGAN: (*Höflich*) Immer.

JOYCE WHITMAN tritt ein. Sie ist sechsunddreißig und hat eine schöne Stimme.

JOYCE: Ist hier noch ein Platz frei?

HOOVER: Äh – ja – ein oder zwei sind wohl noch frei.

Die Tür schließt sich.

LEADBETTER: (*Freundlich*) Diese Ecke da scheint noch frei zu sein.

MORGAN: Ein Gentleman hat mich gebeten, die Ecke für ihn freizuhalten. Er ist nur kurz weggangen, um eine Zeitung zu holen.

HOOVER: Ach ja. Da ist ja auch sein Koffer.

LEADBETTER: Na ja, aber der hier ist nicht besetzt. (*Zu JOYCE*) Geben Sie her, ich lege Ihren Koffer auf meinen.

JOYCE: Oh, danke vielmals!

Die Koffer werden auf der Ablage verschoben, plötzlich rutscht ein Koffer herunter. Er erwischt PETER HOOVER.

HOOVER: Au!

JOYCE:	Oh!
LEADBETTER:	Tut mir furchtbar leid, alter Knabe! Sind Sie verletzt?
HOOVER:	Nein, nein, es ist schon in Ordnung … wirklich …
JOYCE:	Sind Sie sicher?
HOOVER:	Ja … Ja, ganz sicher …
LEADBETTER:	Das elende Ding ist mir aus der Hand gerutscht …
MORGAN:	(*Singsang, freundlich*) Unfälle passieren immer mal …
HOOVER:	Genau.
LEADBETTER:	(*Nachdem er den Koffer wieder auf die Ablege gelegt hat*) So, jetzt ist es besser.

Der Zug fährt an, die Pfeife ertönt, verschiedene Stimmen, das Schließen von Türen.
Die Abteiltür gleitet auf.

MR. LUCAS:	(*Leicht außer Atem, Nordakzent*) Ich dachte schon, ich würde den Zug verpassen. Hätte übel für mich ausgesehen, wenn ich es getan hätte.
MORGAN:	Ich habe Ihren Platz für Sie freigehalten, Sir.
MR. LUCAS:	Danke. (*Schließt die Tür*) … Entschuldigen Sie …

Aufblenden des Zuges, der an Fahrt gewinnt.

<u>EIN ERSTE-KLASSE-ABTEIL IN EINEM ZUG.</u>
Überblenden zum Geräusch des Zuges zu einem späteren Zeitpunkt der Fahrt. Das Zuggeräusch hält eine Weile an, dann wird es langsam ausgeblendet.

MORGAN:	(*Holt offensichtlich sehr weit aus*) … Tja, ich kann einfach keinen Sinn darin sehen. Man atmet den Rauch ein und dann pustet man den Rauch wieder aus. Mein Vater sag-

84

te immer, wenn es der Menschheit bestimmt gewesen wäre, zu rauchen, wäre sie mit einem Schornstein auf den Schultern geboren worden …

HOOVER: (*Gelangweilt, fast im Halbschlaf*) Offenbar ein sehr geistreicher Mensch, Ihr Vater …

Zug aufblenden.

EIN ERSTE-KLASSE-ABTEIL IN EINEM ZUG.

Später. Das Fahrtgeräusch des Zuges ist zu hören. Dann wird es langsam ausgeblendet.

MORGAN: (*Eindringlich*) … Aber verstehen Sie nicht, mein Freund, in der Neuen Welt dürfen wir nicht nur die Kräfte der intellektuellen Minderheit zusammenbündeln, sondern müssen auch …

LEADBETTER: Jetzt habe ich aber die Nase voll von diesem ganzen Gerade über die Neue Welt. Erst kürzlich habe ich viel über die alte Welt nachgedacht und ich bin zu dem Schluss gekommen, dass sie gar nicht so schlecht war.

MORGAN: (*Schockiert*) Also, das ist ja allerhand, muss ich sagen, Mr. Leadbetter. Was sind Sie, Mr. Leadbetter? Ein Kapitalist?

LEADBETTER: Ich weiß nicht, ob ich überhaupt etwas bin. Ich weiß nicht, ob ich mich als etwas bezeichnen würde. Wenn es hart auf hart kommt, bin ich wohl so was wie ein Diener, ein Mann für alle Fälle …

MORGAN: So was wie ein … Jetzt frage ich Sie aber! (*Verächtlich*) Für wen haben Sie bei der letzten Wahl gestimmt? Ich möchte wetten, dass Sie sich nicht einmal an den Namen des armen Mannes erinnern!

LEADBETTER: Sein Name war Taggart. Charles Edward
                Taggart. Ein kleiner Mann mit kräftigen
                Beinen und ziemlichem Temperament.

MORGAN: (*Ruhig, aber immer noch eindringlich*) Und
                warum haben Sie für ihn gestimmt? Soll ich
                Ihnen sagen warum, mein Freund? Weil er
                Versprechungen gemacht hat! Weil er Ihnen
                gesagt hat, dass alles anders werden würde,
                wenn er ins Parlament einzieht. Habe ich
                recht?

LEADBETTER: Nein! (*Einen Moment*) Ich habe für ihn ge-
                stimmt, weil er zufällig mein Schwager ist.
                Ich hatte keine verdammte Wahl in dieser
                Angelegenheit …

Der Zug wird aufgeblendet und fährt eine Weile weiter.

EIN ERSTE-KLASSE-ABTEIL IN EINEM ZUG.

Später. Der Zug wird wieder ausgeblendet.

MR. LUCAS: … Oh, ich denke, da ist sehr viel Wahres
                dran, Mr. Morgan. Nehmen Sie mich zum
                Beispiel. Lucas ist mein Name. Walter Lu-
                cas. Hatte mal ein kleines Geschäft vor der
                Rezession oder Depression, oder wie auch
                immer die Politiker das heutzutage nennen.
                Spielzeug. Kinderspielzeug. Hochwertige
                Ware. Nichts Billiges und Wertloses. (*Ver-
                traulich*) Hatte ein ganzes Jahr lang ein
                wunderbares Sortiment. Mechanische Äff-
                chen. So was Lustiges! (*Kichert*) Frauchen
                hat immer gesagt, sie amüsieren mich mehr
                als die Kinder … (*Er kichert weiter*)

Zugaufblenden, der Zug fährt weiter.

AUF DEM KORRIDOR DES ZUGS.

Später. Die Schiebetür des Abteils wird hörbar geöffnet und geschlossen.

LEADBETTER:	Redet der Kerl im Abteil immer noch so viel?
JOYCE:	Ja.
LEADBETTER:	Tja – Gott sei Dank dürfen wir auf dem Korridor rauchen. Möchten Sie eine Zigarette?
JOYCE:	Oh – danke schön. (*Pause. Die Zigarette wird angezündet*) Das ist sehr nett von Ihnen. (*Einen Moment*) Wissen Sie, wie spät es ist?
LEADBETTER:	Es ist ungefähr Viertel nach neun.
JOYCE:	Die Reise scheint ewig zu dauern, nicht wahr?
LEADBETTER:	Ja. (*Eine Pause*) Fahren Sie weit?
JOYCE:	Carlisle …
LEADBETTER:	Oh – ich auch …
JOYCE:	(*Neugierig*) Wie ist es denn so? Ich war noch nie dort …
LEADBETTER:	Carlisle? Oh, das ist keine schlechte Stadt. Ich habe schon viel Schlimmeres gesehen. Es kommt darauf an, was man gewöhnt ist.
JOYCE:	(*Mit einem kleinen Lachen*) Ich bin wohl zu sehr an London gewöhnt …
LEADBETTER:	Ach so, natürlich! Tja, da gibt es schon einen kleinen Unterschied …
JOYCE:	(*Lacht*) Ja, das kann ich mir vorstellen …

Eine Pause.

LEADBETTER:	Schmecken Ihnen diese Zigaretten? (*Er mag sie offensichtlich nicht*)
JOYCE:	Ja, doch …
LEADBETTER:	Ein amerikanischer Freund hat sie mir geschenkt. Der Geschmack kommt mir ein bisschen komisch vor.
JOYCE:	Mir schmecken sie sehr.

LEADBETTER:	Dann, hier: Nehmen Sie das Päckchen!
JOYCE:	Aber wirklich, nein, ich …
LEADBETTER:	Nein, nur zu, ich mag sie nicht.
JOYCE:	(*Lacht*) Tja, also … vielen Dank. (*Sie öffnet ihre Tasche*) Hier, nehmen Sie stattdessen lieber eine von meinen.
LEADBETTER:	Oh, danke …

Eine Pause.

Plötzlich: Sie sprechen beide zugleich.

JOYCE:	Das letzte Mal, als ich in den Norden kam, war ich …
LEADBETTER:	Werden Sie …
JOYCE:	(*Lacht*) Tut mir leid …
LEADBETTER:	Ich bitte um Verzeihung …
JOYCE:	Nein, bitte!
LEADBETTER:	Ich wollte Sie gerade fragen, ob Sie sehr lange in Carlisle bleiben?
JOYCE:	Für eine ganze Weile, hoffe ich. Ich habe gerade eine Arbeitsstelle dort angenommen.
LEADBETTER:	(*Kann seine Überraschung nicht verbergen*) Sind Sie Lehrerin?
JOYCE:	Ja.
LEADBETTER:	Sie … sehen nicht gerade aus wie eine Lehrerin.
JOYCE:	(*Amüsiert*) Ganz unter uns, ich bin auch keine sehr gute.
LEADBETTER:	(*Ernsthaft*) Oh. (*Plötzlich versteht er den Scherz*) Oh … Oh …

LEADBETTER kichert, JOYCE lacht.

Eine Pause.

JOYCE:	Fahren Sie diese Strecke sehr oft?
LEADBETTER:	Ja, ziemlich oft. Ehrlichgesagt, habe ich noch nie eine so lange Pause eingelegt. Ich war jetzt seit drei oder vier Monaten nicht dort. (*Einen Moment*) Meine kleine Tochter

	ist in Carlisle …
JOYCE:	Ach?
LEADBETTER:	Sie wohnt bei meiner Schwester und hat morgen Geburtstag. Mein Kommen ist also so etwas wie eine Überraschung für sie.
JOYCE:	Oh, ich verstehe. (*Einen Moment*) Wie alt ist sie denn?
LEADBETTER:	Sie wird zehn Jahre alt. Was für eine kleine Dame. Und außerordentlich klug für ihr Alter. Aber da bin ich wohl voreingenommen.
JOYCE:	(*Freundlich*) Ja, vermutlich.

Ein Augenblick.

LEADBETTER:	Aus welchem Teil Londons kommen Sie?
JOYCE:	Jetzt habe ich bei Freunden in Kensington gewohnt. Eigentlich wurde ich aber in St. Albans geboren.
LEADBETTER:	Ich habe einen Bruder in St. Albans. Er lebt dort seit fast dreißig Jahren – und er würde für nichts in der Welt von dort wegziehen. (*JOYCE lacht*) Mein Zuhause war früher in Bradford – bis '36, also … (*Einen Moment*) Ich hatte ein nettes kleines Haus, gleich hinter dem Moor. Reichlich Fläche, fast vier Hektar. Genauer gesagt, habe ich das Grundstück immer noch.
JOYCE:	(*Nachdenklich*) Ich glaube, ich war noch nie in Bradford.
LEADEBTTER:	Nein? Nun, es hat sich natürlich verändert, wie sonst überall auch. (*Nach einer kleinen Pause*) Ich lebe zur Zeit in Leeds – tja, ich sage zwar Leeds, aber meine Bude ist etwas außerhalb. In einem kleinen Ort namens Morley.
JOYCE:	Ja, ich habe davon gehört. Sind Sie schon lange dort?

LEADBETTER: Seit 1936 … (*Leise*) März 1936 …
Zug aufblenden.

<u>AUF DEM KORRIDOR DES ZUGS.</u>
Später, der Zug wird ausgeblendet.

LEADBETTER: Tja, das wär's, Miss Whitman, das ist meine Lebensgeschichte. Tut mir leid, wenn ich Sie damit gelangweilt habe …

JOYCE: Aber Sie haben mich nicht damit gelangweilt. (*Aufrichtig, bewegt*) Das Leben scheint es nicht gerade gut mit Ihnen gemeint zu haben, Mr. Leadbetter!

LEADBETTER: Nein! Nein, sagen Sie das nicht. Ich habe eine ganze Menge Dinge, für die ich dankbar sein kann. Denn wenn meine Frau nicht mit meinem besten Freund durchgebrannt wäre, wäre sie wohl mit jemand anderem durchgebrannt – dem Metzger, dem Bäcker oder mit Hinz und Kunz – Gott weiß! (*Lächelt*) Wissen Sie, wenn ich auch sonst nichts mehr habe – meinen Sinn für Humor habe ich nicht verloren. Ich amüsiere mich oft sehr, wissen Sie. Da kann ich nichts machen. So bin ich eben: Bill Leadbetter, ein ehrlichter – also verhältnismäßig ehrlicher – und geradliniger Kerl. Ich hatte immer vor, ein ganz gewöhnliches, ehrliches, geradliniges Leben zu führen. Aber was ist passiert? Die Dinge haben sich anders entwickelt. Man kann es wahrscheinlich besser sagen, aber es ist eben so. Und es bringt nichts, wenn mir jemand sagt, dass ich anders handeln hätte können, denn ich weiß es besser. Ich konnte es verdammt noch mal nicht.

JOYCE: Was machen Sie beruflich, Mr. Leadbetter?

LEADBETTER: Ich bin Fabrikant. Ich habe ein ziemlich ordentliches kleines Geschäft. Wir machen Spielzeug … Kinderspielzeug.

Als LEADBETTER zu Ende gesprochen hat, rast der Zug in einen Tunnel. Wir hören, wie der Zug durch den Tunnel fährt. Als der Zug aus dem Tunnel kommt, geht das Gespräch weiter.

JOYCE: Spielzeug? Das ist aber ein Zufall. Das hat doch der andere Mann auch gesagt.

LEADBETTER: Welcher Mann?

JOYCE: Der in dem Abteil – der Mann in der Ecke. Mr. Lucas … Ich glaube nicht, dass Sie es gehört haben, es war wohl kurz, nachdem Sie gegangen sind.

LEADBETTER: Tatsächlich?

Die Schiebetür des Abteils öffnet sich: Einen Moment lang ist die Stimme von DAI MORGAN zu hören.

MORGAN: (*Im Hintergrund*) … Aber Sie wissen sicher, dass eine solche Politik nie von den Selbständigen angenommen werden könnte.

Die Tür schließt sich.

HOOVER: Oh, hallo! (*Einen Moment*) Ich habe langsam genug von Mr. Morgan.

JOYCE: (*Amüsiert*) Ich dachte, Sie wären eingeschlafen.

HOOVER: Er hat mich aufgeweckt – ganz bewusst.

LEADBETTER: (*Lacht*) Nehmen Sie eine Zigarette …

HOOVER: Oh, danke.

LEADBETTER: (*Zu JOYCE*) Oh, mein Gott, jetzt habe ich eine von Ihren …

JOYCE: (*Lacht*) Das ist schon in Ordnung – nehmen Sie ruhig eine.

HOOVER: Oh, vielen Dank. (*Er zündet seine Zigarette an. Eine Pause*) Haben Sie eine Ahnung, wo wir sind?

LEADBETTER: Es ist bereits nach neun Uhr, also sollte ich annehmen, wir sind langsam in der Nähe von …

Während BILL LEADBETTER spricht, ertönt ein lautes und erschreckendes Kreischen der Bremsen: Der Zug kracht mit der Lok frontal mit einem Regionalzug zusammen. Es handelt sich um einen Eisenbahnunfall ersten Ranges. Der Aufprall ist gewaltig. Die Waggons prallen aufeinander. Wir hören Zerschmettern und Zerbrechen von Holz. Glas bricht, es gibt mehrere Explosionen weiter die Gleise hinab. Es gibt Menschen, die um Hilfe schreien: hysterische Stimmen, eine chaotische Flut von Lärm und Durcheinander. Entlang der Bahnstrecke hört man Menschen.

LEADBETTER: (*Verzweifelt, atemlos*) Miss Whitman … (*Er drückt eine Tür auf und schlägt das Fenster ein*) Miss Whitman, sind Sie in Ordnung?

JOYCE: (*Fassungslos*) Ja … ich …

LEADBETTER: (*Sanft, aber die Kontrolle über die Situation behaltend*) Immer mit der Ruhe … immer mit der Ruhe … wir müssen hier raus – sonst sitzen wir in der Falle, so wie es aussieht!

JOYCE: (*Erschrocken*) Aber der Waggon ist umgekippt. Meine Güte, wir sind …

LEADBETTER: (*Er drückt eine Tür auf*) Jetzt keine Panik … Es ist alles in Ordnung … Geben Sie mir Ihre Hand … Kommen Sie schon! Na los, kommen Sie! Geben Sie mir Ihre Hand! So ist es gut! (*Er zerschlägt ein weiteres Hindernis*) Jetzt … Sie müssen hier durchkriechen! Schaffen Sie es? Seien Sie vorsichtig!

JOYCE: (*Schwach, ein kleiner Schreckensschrei*) Oh! Oh, sehen Sie doch! Da liegt jemand unter dem …

LEADBETTER: Ja … Ich weiß! Ja, ich weiß! Ich werde

92

mich gleich um ihn kümmern! Aber erst will ich Sie hier rausbringen! Und jetzt stellen Sie sich auf mein Knie und … So ist's gut! Jetzt … halten Sie sich an diesem Träger fest … – So ist es gut!!!

HOOVER: (*Plötzlich, spricht von oberhalb JOYCEs und LEADBETTERs und ruft zu ihnen hinunter*) Hallo! Nehmen Sie meine Hand! Beeilen Sie sich!

LEADBETTER: (*Erstaunt*) Ich glaub' meinen Augen nicht! Wie sind Sie denn bloß da hoch gekommen?

HOOVER: Ich habe nicht die leiseste Ahnung! (*Ein Hauch von Verzweiflung*) Sie müssen sich beide beeilen – es droht einzustürzen!

LEADBETTER: Los!!!

Die Hintergrundgeräusche werden aufgeblendet. Wir hören plötzlich einige Krankenwagen anfahren und die Glocken der Fahrzeuge läuten. Man hört Autotüren und Männer, die Befehle erteilen.

HELFER 1: Bringt die Bahre bis zum letzten Wagen!

HELFER 2: Um Himmels willen, holt Hilfe her!

HELFER 3: Holt mir ein Seil! Wir – brauchen – ein – Seil!

HELFER 4: Zurücktreten! Zurücktreten!

HELFER 5: Nein! Nein! Bringt es auf die andere Seite!

Die Wrackteile werden weggeräumt: Die Menschen bewegen sich rasch der Bahnstrecke entlang.

PASSAGIER 1: Wo sind wir – was ist das für ein Ort?

PASSAGIER 2: Edith, geht es dir gut?

PASSAGIER 3: Aber was ist mit dem Gepäck? Was ist mit dem Gepäck?

PASSAGIER 4: Ich stand am Fenster und plötzlich …

PASSAGIER 5: Ich weiß nicht, was wir tun sollen – ich weiß nicht, was wir tun sollen …

PASSAGIER 6: Wir können Johnny doch nicht hier verlas-

sen! Aber wir können doch Johnny nicht
einfach so hier lassen!

PASSAGIER 7: Du musst dich zusammenreißen, Betty!

PASSAGIERIN 1: Aber sieh dir mein Kleid an! Sieh dir nur
mein Kleid an!

PASSAGIERIN 2: Wo sind wir? Wo, zum Teufel, sind wir?

PASSAGIER 8: Was ist das für ein Ort?

PASSAGIER 9: Wo sind wir?

PASSAGIER 10: Was ist das bloß für ein Ort?

PASSAGIER 11: Wir haben Glück, dass wir noch leben,
wenn Sie mich fragen!

PASSAGIER 13: Aber ich versteh das einfach nicht! Man
würde doch niemals denken, dass so etwas
passieren könnte!

PASSAGIER 14: Aber wo sind wir? Was zum Teufel ist das
für ein Ort?

DIE UNGLÜCKSSTELLE IN CRANBURY.

*Die Stimmen gehen weiter, einige weinen, andere sind durch-
einander. Dann hört man SIR HUBERT BRANDON. Er ist ein
Mann in den späten Fünfzigern.*

BRANDON: Meine Güte, Walker, das ist eine höchst
unerfreuliche Sache! (*Er spricht gewählt
und hat ein entschlossenes Auftreten*)

WALKER: (*Ein alter Mann, sehr beunruhigt und
durcheinander*) Ich bin jetzt seit fünfundzwanzig Jahren Bahnhofsvorsteher hier in
Cranbury, Sir Hubert, aber das ist das erste
Mal …

BRANDON: (*Unterbricht ihn*) Aber was genau ist passiert … Was zum Teufel ist passiert …?

WALKER: Wir wissen nicht genau, was passiert ist, Sir
Hubert. Das ist der Carlisle-Express. Er war
pünktlich, aber unglücklicherweise ist einer
der Nahverkehrszüge … (*Plötzlich, schreit*)

94

	Nein! Nein! Bringen Sie das runter zum ersten Waggon! Der erste Waggon, Bill!
BRANDON:	Was um alles in der Welt wollen Sie mit all diesen Leuten machen? Sie können sie nicht hier draußen lassen – nicht in einer so eisigen Nacht wie dieser!
WALKER:	Ich bin mit meiner Weisheit am Ende … Wir haben viele Leute runtergeschickt bis zum Bahnhof. Der Warteraum wurde geöffnet und Tee wird ausgeschenkt. (*Schnell*) Nicht da lang, Misses! Da drüben rechts!
JUNGE FRAU:	Wo sind wir hier?
WALKER:	Das hier ist Cranbury, Miss. Sie befinden sich direkt vor dem Bahnhof. … Gehen Sie weiter der Strecke entlang … Dann kommen Sie auf den Bahnsteig.
JUNGER MANN:	(*Zu der JUNGEN FRAU, geht weg*) Welchen Ort sagte er?
JUNGE FRAU:	Cranbury …
JUNGER MANN:	Noch nie davon gehört …
WALKER:	Waren Sie in dem Zug, Sir Hubert?
BRANDON:	Nein, ich war mit dem Auto nach Kendal unterwegs. Da sah ich – oder besser gesagt, hörte ich – die Explosion und fragte mich, was zum Teufel passiert war.

Aufblenden von Hintergrundgeräuschen. Ein weiterer Krankenwagen trifft ein.

DER WARTERAUM IM BAHNHOF VON CRANBURY.
Aufblenden von Stimmen. Wir befinden uns im überfüllten Warteraum. Die Türen knallen, während die Leute hin und her gehen.

JOYCE:	Haben Sie den Stationsvorsteher gesehen?
HOOVER:	Nein. Nein, noch nicht. Ich fürchte, es sieht wohl eher so aus, als ob wir hier bleiben üs-

95

sen – zumindest bis morgen früh. ... (*Plötz-lich*) Oh, da ist ja Ihr Freund! He, er scheint glück gehabt zu haben – so wie es aussieht, hat er Ihren Koffer.

LEADBETTER: (*Leicht außer Atem*) Ich habe Ihren Koffer, Miss Whitman – und meinen auch ... sie waren auf der anderen Seite des Bahn-damms ... Weiß Gott, wie sie dahin ge-kommen sind ...

JOYCE: Das ist sehr nett von Ihnen. Ich danke Ihnen vielmals ...

LEADBETTER: Mein Gott, hatten wir ein Glück ... Ich habe gerade diesen Waliser gesehen – den, der die ganze Zeit über Politik geredet hat ...

HOOVER: (*Leise*) Ja ...

JOYCE: Hat es ihn schwer erwischt?

HOOVER: Ja, ich habe ihn auch gesehen. Er ist in ei-nem ziemlich üblen Zustand, fürchte ich.

LEADBETTER: Der arme Teufel!

JOYCE: (*Betrübt*) Oh ...

Im nahen Hintergrund beginnt ein Kind zu weinen: Es ist eher ein leises Schluchzen als eine kindliche Hysterie.

HOOVER: Wer ist der Mann, der gerade reingekom-men ist?

LEADBETTER: Oh, das ist Sir Hubert Brandon. Anschei-nend, ist er eine große Nummer hier. Er war auch sehr anständig. – Er hat eine Menge Frauen und Kinder in das örtliche Pub ge-schickt.

HOOVER: War er auch in dem Zug?

LEADBETTER: Nein, er war auf dem Weg nach Kendal und hörte den Zusammenstoß.

HOOVER: Oh. (*Einen Moment, beiläufig*) Entschuldi-gen Sie mich.

LEADBETTER: He, was ist denn mit der Kleinen los?

JOYCE:	Wir wissen nicht, was mit ihr los ist – sie will einfach nicht aufhören zu weinen. Ich denke, das ist der Schock. Ich bin schon ein paar Mal zu ihr rübergegangen, aber … es hat keinen Sinn …
LEADBETTER:	Das arme Kind! (*Plötzlich*) Hier – halten Sie mal kurz diesen Koffer … (*Der Koffer wird geöffnet*) Ich denke, damit sollte es gehen.
JOYCE:	Oh! Was für eine schöne Puppe!
LEADBETTER:	(*Stolz*) Ja. Das ist einer unserer Spezialartikel. (*Leise*) Ich wollte sie Margaret zum Geburtstag schenken, aber ich denke … Kommen Sie mit, Miss Whitman!

Leichtes Aufblenden der Hintergrundgeräusche.
Ausblenden der Hintergrundgeräusche.

HOOVER:	Entschuldigen Sie, Sir – wissen Sie, wo ich hier telefonieren kann?
BRANDON:	Tja – im Büro des Stationsvorstehers gab es mal ein Telefon. Aber ich weiß nicht, ob es noch da ist oder nicht. (*Ein Hauch von Humor*) Es ist der Holzschuppen auf dem gegenüberliegenden Bahnsteig, neben dem … ähm …
HOOVER:	Oh, danke.
BRANDON:	Wenn Sie versuchen, einen Wagen zu bekommen, dann glaube ich nicht, dass sie viel Glück damit haben werden …
HOOVER:	(Freundlich) Nun, ein Versuch kann nicht schaden.
BRANDON:	Nein.

Aufblenden der Hintergrundgeräusche, dann werden sie und die gesamte Szene ausgeblendet.

BÜRO DES STATIONSVORSTEHERS.
Aufblenden von PETER HOOVER. HOOVER klopft auf die Tele-

fongabel eines altmodischen Wandtelefons.

WALKER: Hallo? … Hallo? … Hallo? … Oh, verdammt, dieses Telefon! Vermittlung! … Vermittlung! … Vermittlung, ich wollte gerade ein Gespräch beginnen, als … Ja! … Ja, ja, natürlich! (*Pause*) Hallo? … Hallo, sind Sie das, Superintendent? Peter hier … Hören Sie zu … Ich spreche von Cranbury aus, einem kleinen Ort außerhalb von Kendal. – Nein, Kendal, in Cumberland. Ja, es hat einen Unfall gegeben. Ein Zugunglück … Ja … Oh, nein, nichts dergleichen – ein ganz schweres. (*Leise, eindringlich*) Aber es ist etwas passiert, was wir nicht bedacht haben. Es geht um Crawler, Sir. Unser »Mr. Lucas«. (*Ein Moment*) Er ist leider tot.

Aufblenden der Titelmusik.
Musik ausblenden.

DER WARTERAUM DES BAHNHOFS IN CRANBURY.
Aufblenden der Hintergrundgeräusche des überfüllten Warteraums.

STIMME 1: Bitte schön, Tom! Du wirst dich besser fühlen, wenn du eine schöne Tasse Tee getrunken hast!

STIMME 2: Wie lange müssen wir hier denn noch bleiben – das möchte ich gerne wissen!

STIMME 3: Ich wünschte, du würdest dich um deinen Arm kümmern, Ada!

STIMME 4: Ich komme schon klar, Mama! Es geht schon! Lass mich jetzt ein wenig in Ruhe.

STIMME 5: Welches Krankenhaus haben sie gesagt?

STIMME 6: Also, ich muss schon sagen, Sie waren aber ziemlich flott mit dem Tee!

HOOVER: (*Gereizt*) Wie lange müssen wir hier bleiben?

WALKER: (*Mehr der Situation gewachsen*) Tja, das wird Ihnen nicht gefallen Sir – aber vor morgen früh, Viertel vor acht, wird es keinen Zug geben.

HOOVER: Mein Gott!

WALKER: Nur, wenn sie einen Sonderzug einschieben, dann nicht, aber soviel ich weiß, brauchen sie fünf oder sechs Stunden, um die Strecke zu räumen!

HOOVER: Wie weit ist das Dorf von hier entfernt?

WALKER: Etwa zweieinhalb Meilen. (*Amüsiert*) Scheint so, als ob Sie den Anschluss verpasst haben, junger Mann!

HOOVER: (*Versteht nicht*) Was meinen Sie?

WALKER: Sie hätten bei Ihren Freunden bleiben sollen, dann wären Sie vielleicht auch eingeladen worden.

HOOVER: Welche Freunde?

WALKER: Die junge Dame, Sir – die, mit der Sie gesprochen haben – und der Gentleman mit dem braunen Mantel – der, der den Koffer der jungen Damen gefunden hat.

HOOVER: (*Plötzlich, bemerkt, dass sie nicht mehr da sind*) Ach ja! Was ist mit ihnen?

WALKER: Sie hatten Glück, Sir. Sir Hubert hat sie eingeladen, die Nacht bei ihm zu verbringen.

HOOVER: Sir Hubert Brandon …?

WALKER: Ja, Sir.

HOOVER: Das war sehr freundlich von ihm. Ich frage mich, warum er das wohl getan hat?

WALKER: Das kann ich Ihnen leider auch nicht sagen. Allerdings ist er sehr ritterlich. Einer vom echten Landadel, wie man sagen könnte.

	Hat auch ein schönes Haus. Ich nehme an, Sie kennen es.
HOOVER:	Nein – das kann ich nicht sagen.
WALKER:	Cranbury Park – etwa zwei Meilen auf der anderen Seite des Dorfes. Es müssen zweihundert Hektar oder mehr sein.
HOOVER:	Hm …
WALKER:	(*Immer noch amüsiert*) Wenn Sie mich fragen, ich glaube, es war die Puppe, die ausschlaggebend war. Das schien Sir Hubert zu sehr zu amüsieren. Es hat uns alle zum Lachen gebracht.
HOOVER:	(*Verwirrt*) Die … Puppe …?
WALKER:	Ja – die, die das Kind da drüben hat. Die Kleine hat sich die Seele aus dem Leib geheult und dann tauchte plötzlich Ihr Kumpel mit einer Puppe auf. Meine Güte, Sie hätten sehen sollen, was das für eine Veränderung mit sich gebracht hat. Die Tränen waren ruck-zuck verschwunden.
HOOVER:	Aber wieso hat – mein Kumpel, wie Sie ihn nennen – die Puppe denn mitgehabt?
WALKER:	Das hat Sir Hubert ihn auch gefragt. Der Gentleman sagte, er habe sie selbst gemacht – er nannte sie einen seiner Spezialartikel. Und er hatte auch recht damit! Sie müssten sie sich mal ansehen! Es ist eine richtige Puppe! Keine bloße Hülle mit Füllung!
HOOVER:	(*Leise*) Sagen Sie mir: War Sir Hubert im Zug?
WALKER:	Nein – er war auf dem Weg nach Kendal.
HOOVER:	Sind Sie sicher?
WALKER:	Nun, das hat er jedenfalls gesagt.
HOOVER:	(*Angespannt*) Hält der Zug von Carlisle in Kendal?

WALKER:	Ja – ja, immer – fünf oder zehn Minuten … (*Verwirrt*) Warum?
HOOVER:	(*Schnell, angespannt*) Wohnen Sie im Dorf?
WALKER:	Ja.
HOOVER:	Wie kommen Sie hierher?
WALKER:	Am Morgen?
HOOVER:	Ja!
WALKER:	(*Erstaunt*) Na, ich … Ich komme mit dem Fahrrad!
HOOVER:	Wo ist es?
WALKER:	Mein Fahrrad …?
HOOVER:	(*Scharf*) Ja – wo ist es?
WALKER:	(*Langsam, verwirrt*) Na, es ist im Fahrkartenschalter … Ich bewahre es immer im … (*Plötzlich*) Hallo! Was soll das? Was zum … Hallo! Hier bleiben! Hier bleiben!

Die Tür knallt.
Aufblenden der Musik, Abblenden der Musik.

DAS WOHNZIMMER IN CRANBURY PARK.

Überblenden zum Wohnzimmer in Cranbury Park. SIR HUBERT BRANDON, LEADBETTER, JOYCE und NORMAN BRANDON lachen und reden miteinander. NORMAN BRANDON ist ein Mann von etwa vierzig Jahren. Er ist eine etwas unangenehme Persönlichkeit.

BRANDON:	Nein – nein, wirklich, ich bestehe darauf! Trinken Sie doch noch ein Glas Portwein, Miss Whitman!
JOYCE:	Nun, wenn Sie so freundlich sind …
NORMAN:	(*Lacht*) Kommen Sie, Miss Whitman! Ich stelle Sie Mrs. Hendon vor, sie wird Sie auf Ihr Zimmer bringen!
JOYCE:	(*Erfreut*) Tja, ich bin wirklich sehr müde, Sir Hubert, wenn es Sie also nicht stört, dann …

101

BRANDON:	Aber natürlich nicht! Wenn Sie etwas brauchen, fragen Sie einfach die Haushälterin.
NORMAN:	Das ist unsere liebe Mrs. Hendon! Man müsste sie wohl als Schatz bezeichnen.
BRANDON:	(*Amüsiert*) Ich weiß, es ist ziemlich hoffnungslos mit ihr, Norman – aber ich wüsste nicht, was wir ohne sie täten.
NORMAN:	So ein Unsinn! (*Zur Seite*) Ich bedaure, feststellen zu müssen, dass mein Bruder schon immer eine Schwäche für dralle Blondinen hatte!

Alle lachen.

JOYCE:	Gute Nacht, Sir Hubert! Gute Nacht, Mr. Leadbetter!
LEADBETTER:	Gute Nacht, Miss Whitman!
BRANDON:	Gute Nacht, Miss Whitman!

Die Tür öffnet und schließt sich.

LEADBETTER:	Das ist wirklich ein sehr schönes Haus, das Sie hier haben, Sir Hubert.
BRANDON:	(*Nach einer Pause, leise*) Gefällt es Ihnen?
LEADBETTER:	Es ist großartig …
BRANDON:	(*Plötzlich*) Trinken Sie noch ein Glas Portwein, Mr. – äh – Leadbetter?
LEADBETTER:	Ich habe das Glas, das ich habe, noch nicht ausgetrunken, danke.
BRANDON:	Oh. Aber es macht Ihnen doch nichts aus, wenn ich …?
LEADBETTER:	Nein, natürlich nicht. Nur zu …

Pause. BRANDON schenkt sich ein weiteres Glas Portwein ein. Der erste Teil der folgenden Szene ist eher betulich.

BRANDON:	Geht es Ihnen jetzt besser?
LEADBETTER:	Mir geht's gut. Ich bin nur ein bisschen durchgeschüttelt worden, wissen Sie – das ist alles. Meine Güte, wir hatten Glück im Vergleich zu einigen anderen armen Teu-

feln. In unserem Abteil wurde ein Mann getötet.

BRANDON: Tatsächlich? Das habe ich nicht gewusst. Das ist aber sehr bedauerlich. (*Einen Augenblick*) Miss Whitman scheint es gut verkraftet zu haben.

LEADBETTER: Ja. Es scheint so, nicht wahr?

BRANDON Ein sehr netter Mensch, kann ich mir vorstellen.

LEADBETTER: Ja. (*Einen Moment*) Sie ist Lehrerin. Sieht aber nicht gerade wie eine Lehrerin aus, oder?

BRANDON: Nein, das tut sie nicht. Sie haben sich im Zug kennengelernt, nehme ich an?

LEADBETTER: Ja. Es war ein Nichtraucherabteil und wir gingen beide auf den Korridor, um eine Zigarette zu rauchen. Zum Glück taten wir das.

BRANDON: Ja, ich glaube, wir haben beide großes Glück gehabt.

LEADBETTER: (*Verwirrt*) Beide … Sir Hubert?

BRANDON: Ja, ich hatte vor, den Zug in Kendal zu nehmen, wissen Sie. Wenn der Unfall also nach Kendal statt kurz davor passiert wäre, hätte ich – äh – selbst im Zug gesessen.

LEADBETTER: Du meine Güte, ja!

BRANDON: Aber Ende gut, alles gut. Zigarre?

LEADBETTER: Oh … Oh, danke.

Eine lange Pause.
Sie zünden ihre Zigarren an.

BRANDON: (*Nachdem er sich eine Zigarre angezündet hat*) Komisch, ich dachte schon, ich würde Schwierigkeiten haben, Sie zu finden, aber als ich den Warteraum betrat, habe ich sofort Ihren Koffer gesehen.

103

LEADBETTER:	(*Nach einer Pause, höflich, verwirrt*) Meinen Koffer?
BRANDON:	Ja. Sagen Sie mir, nur aus reiner Neugier, warum haben Sie sich mit dem Mädchen angefreundet?
LEADBETTER:	Welches Mädchen?
BRANDON:	(*Leicht amüsiert*) Na, Miss Whitman, natürlich. War das unter den gegebenen Umständen wirklich ratsam?
LEADBETTER:	(*Langsam, versteht nicht*) Ich habe es Ihnen doch schon gesagt … Wir haben uns nur unterhalten. … Es ging nicht darum, sich miteinander anzufreunden …
BRANDON:	(*Ziemlich freundlich*) Und warum »Leadbetter«? Warum wählten Sie den außergewöhnlichen Namen Leadbetter? Sonst haben Sie den Rest meiner Anweisungen doch genau befolgt: den Akzent – die Spielzeugfabrik – das Nichtraucherabteil – und die Initialen auf dem Koffer. Ich habe Sie sofort erkannt.
LEADBETTER:	Die Initialen auf dem Koffer?
BRANDON:	Ja. »W. L.«: Walter Lucas …
LEADBETTER:	Walter … W. L. … William Leadbetter! Bill Leadbetter! Das ist doch deutlich genug, oder?
BRANDON:	William … Leadbetter …?
LEADBETTER:	Ja.
BRANDON:	Leadbetter? (*Er lacht über den Namen*)
LEADBETTER:	(*Leise, aber nicht zu unfreundlich*) Wissen Sie, ich fange an zu glauben, Ihre Zigarren sind besser als Ihr Sinn für Humor, Sir Hubert.
BRANDON:	(*Nach einem Moment*) Hören Sie, genug mit diesem Unsinn jetzt! Ihr Name ist Sterne. Conrad Sterne. Sie haben meine Nachricht

	abgeholt in der …
LEADBETTER:	Sterne! Aber … vor ein paar Augenblicken sagten Sie doch, ich hieße Lucas!
BRANDON:	(*Knapp*) Wo ist der Umschlag?
LEADBETTER:	Wovon reden Sie?
BRANDON:	(*Mit Autorität*) Wo ist der Umschlag – der versiegelte Umschlag – der, den Ihnen Colonel Baur in Nestevund gegeben hat?
LEADBETTER:	Nestevund? Wo zum Teufel ist denn Nestevund?
BRANDON:	(*Langsam*) Nestevund ist sechzehn Kilometer von Kopenhagen entfernt, das wissen Sie genauso gut wie ich!
LEADBETTER:	(*Foppt ihn*) Sechzehn? Nur sechzehn? Sie überraschen mich! Ich dachte immer, es wären vierhundertsechzehn! Meinen Kumpels erzähle ich das schon seit Jahren. Das wird sie aber sehr enttäuschen, wenn sie herausfinden, dass ich mich geirrt habe, Sir Hubert.
Eine Pause.	
BRANDON:	(*Langsam, angespannt*) Ich will diesen Umschlag, Mr. Sterne.
LEADBETTER:	(*Die Fopperei ist vorbei, verliert langsam die Geduld*) Mein Name ist Leadbetter. Bill Leadbetter. Er war immer Bill Leadbetter und er wird immer Bill Leadbetter bleiben. Es ist ein Name, den ich besonders gerne habe, *besonders* gerne.
BRANDON:	(*Genau derselbe Ton wie zuvor, ignoriert LEADBETTER*) Ich will diesen Umschlag, Mr. Sterne!
LEADBETTER:	Jetzt hören Sie mal zu! Mir scheint, ich bin da in etwas hineingestolpert – etwas ziemlich Suspektes, wie es scheint – aber ich ha-

be keine Ahnung, worum es sich handelt und ich habe auch kein Interesse daran. Wie auch immer, bevor wir weitermachen, denke ich, dass es da etwas gibt, das Sie wissen sollten. (*Einen Moment*) Auf meinem Kaminsims zu Hause habe ich einen silbernen Pokal – nun, zumindest soll er aus Silber sein, ich bezweifle das, aber das tut auch nichts zur Sache. Der Punkt ist, dass ich diesen Pokal gewonnen habe, weil ich neun Runden lang mit einem Kerl namens Darkie Thompson im Ring stand. Darkie war der Mittelgewichts-Champion von Yorkshire. (*Ganz banal*) Ich habe bei ihm die Beherrschung verloren, Sir Hubert. (*Eine bedeutsame Pause*) Habe ich mich klar ausgedrückt?

BRANDON: So klar, äh – äh – Mr. Leadbetter, dass Sie mich zwingen, Ihre Aufmerksamkeit auf diese Waffe zu lenken. Lassen Sie sich nicht von ihrer Größe täuschen, sie ist wirklich sehr effizient, das versichere ich Ihnen. (*Bedrohlich, seine Geduld ist nun erschöpft*) Nun – wenn wir nun endlich ein für alle Mal mit diesem Unsinn aufhören können! Ich will den Umschlag – den versiegelten Umschlag, den Ihnen Colonel Baur in Nestevund gegeben hat!

LEADBETTER: Oh, wir sind also wieder in Nestevund, ja? Wie klein ist doch Welt …

BRANDON: (*Eine eindeutige Drohung*) Sehen Sie diese Waffe, mein Freund …

LEADBETTER: Ja, ich sehe sie – und zu Ihrer Information, Sir Hubert, sie erschreckt mich nicht im Geringsten.

BRANDON: (*Herausfordernd*) Ach nein?

LEADBETTER: Nein. Und soll ich Ihnen sagen, warum sie mir keine Angst macht? (*Ganz einfach, mit offensichtlicher Ehrlichkeit*) Weil es mich verdammt noch mal nicht interessiert, ob Sie den Abzug drücken oder nicht …

Es gibt eine kurze Pause, dann öffnet sich plötzlich die Tür.

JOYCE: Es tut mir so leid, aber ich habe meine Handtasche auf dem Sofa liegen lassen und … (*Sie bricht ab*)

LEADBETTER: Kommen Sie nur rein, Miss Whitman! Sie kommen genau richtig!

BRANDON: Stellen Sie sich da drüben hin! Neben den Kamin … Bitte! … Tun Sie, was ich Ihnen sage, Miss Whitman!

JOYCE: Soll das – ein Scherz sein – oder was?

LEADBETTER: Nein. Nein, das ist der volle Ernst, nicht wahr, Sir Hubert? Es gibt nichts zu spaßen!

JOYCE: (*Erstaunt*) Aber – was – ist – passiert?

LEADBETTER: Nun, soweit ich das beurteilen kann, scheinen wir beide in ein hübsches Rührstück hineingeraten zu sein …

BRANDON: (*Ruhig*) Es tut mir leid, dass Sie in diese Angelegenheit verwickelt wurden, Miss Whitman, aber da Sie nun mal mitten drin sind, fürchte ich, dass Sie keine andere Wahl haben, … als … sich den Konsequenzen zu stellen.

JOYCE: (*Einen Moment, nervös*) Was meinen Sie damit?

LEADBETTER: Worauf wollen Sie hinaus?

BRANDON: (*Nach einem Moment*) Mein Freund, Sie werden feststellen, dass die Waffe jetzt direkt auf Miss …

LEADBETTER: (*Leicht gereizt*) Ja, ich kann sehen, wohin

	die Waffe gerichtet ist – Sie brauchen es mir nicht zu sagen! (*Sanft*) Bewegen Sie sich nicht, Miss Whitman, es wird Ihnen nichts passieren …
JOYCE:	(*Angespannt, verängstigt*) Ist – ist er verrückt oder so?
BRANDON:	Zum letzten Mal, Mr. Sterne – ich will diesen Umschlag. Ich will den versiegelten Umschlag, den Colonel Baur Ihnen gegeben hat – den Umschlag, der die Ramonhoff-Kette beinhaltet.
JOYCE:	(*Erstaunt*) Die Ramonhoff-Kette!
LEADBETTER:	(*Ruhig, aber bestimmt*) Mein Name ist Leadbetter. Bill Leadbetter. Ich habe noch nie etwas von Mr. Sterne, Mr. Lucas oder Ihrem mysteriösen Freund, Colonel Baur, gehört. Und was Nestevund betrifft …
JOYCE:	(*Plötzlich, erstaunt*) Lucas! Mr. Lucas!!!!
LEADBETTER:	Ja …
JOYCE:	(*Schnell, angespannt*) Aber – aber so hieß doch der andere Mann – der andere Mann im Abteil … der Mann in der Ecke. Erinnern Sie sich nicht? Er sagte, sein Name sei Lucas und er sei Spielzeugfabrikant und …
LEADBETTER:	Mein Gott! Mein Gott, ja!!! (*Plötzlich, ein großes Lachen*) Sie haben sich den falschen Mann ausgesucht!
BRANDON:	(*Mit großer Wut*) Was meinen Sie? Was zum Teufel soll das heißen?

Während BRANDON spricht, wird die Tür aufgestoßen.
Im weiteren Hintergrund sind mehrere Autos zu hören, die sich dem Haus nähern.

| NORMAN: | (*Erschrocken, aufgeregt*) Hubert! Vom Pförtnerhaus wurde angerufen! |
| BRANDON: | Vom Pförtnerhaus? |

108

NORMAN: Ja – ich habe gerade vom Ostfenster aus beobachtet, dass zwei Autos durch den Park hochkommen und ein drittes steht … (*Plötzlich*) Pass auf!!!! Pass auf, Hubert!!!

LEADBETTER schlägt mit der Faust zu, er erwischt BRANDON voll am Kiefer. BRANDON fällt wie ein Baum um, NORMAN stürzt ins Zimmer und der Kampf beginnt. Tische und Stühle werden umgeworfen. JOYCE schreit.

NORMAN: Sie … Bastard … Sie verdammter Bastard, was mischen Sie sich ein!

LEADBETTER: Holen Sie sich doch die Waffe – holen Sie sie sich doch!

Während der Kampf weitergeht, kann man die Geräusche von herannahenden Autos hören. Sie erreichen das Haus. Man hört die Bremsen quietschen. Autotüren öffnen und schließen sich. Aufgeregte Stimmen sind zu hören. Die Eingangstür wird aufgebrochen.

HOOVER betritt das Wohnzimmer, als LEADBETTER gerade erneut zuschlägt. Es ertönt ein plötzlicher Schmerzensschrei, als NORMAN BRANDON zu Boden fällt.

HOOVER: Das war ein ganz schöner Schlag, mein Lieber!

LEADBETTER: (*Atemlos, erstaunt*) Na was denn, sieh mal an, wer hier ist!

JOYCE: (*Erstaunt*) Was in aller Welt machen Sie hier?

HOOVER: (*Amüsiert*) Freuen Sie sich denn nicht, mich zu sehen?

LEADBETTER: (*Versucht zu Atem zu kommen*) Doch, schon, aber …

JOYCE: (*Langsam, neugierig*) Wer – sind Sie – überhaupt?

HOOVER: (*Locker*) Ich? Seien Sie nicht albern, Sie haben über mich schon Hunderte von Male gelesen! Ich bin der nette junge Mann, der

	immer im richtigen Moment auftaucht.
LEADBETTER:	Tja, sie sind heute Abend tatsächlich genau zum richtigen Zeitpunkt aufgetaucht, Mr. – äh?
HOOVER:	Hoover. (*Freundlich, erkennt, dass sie eine unangenehme Zeit hinter sich haben*) Kommen Sie, Miss Whitman … Mr. Leadbetter … Ich bringe Sie ins Dorf hinunter.

Musik aufblenden.

EIN ERSTE-KLASSE-ABTEIL IN EINEM ZUG.

Musik langsam ausblenden, Überblenden zum Geräusch eines abfahrenden Zuges. Der Zug verlässt Cranbury. Pfeifen, Stimmen, Schließen von Abteiltüren usw.

WALKER:	(*Ruft*) Bitte zurücktreten! Sie da, bitte zurücktreten!

Die Abteiltür wird geöffnet.

LEADBETTER:	(*Leicht außer Atem, sehr fröhlich*) Guten Morgen, Miss Whitman!
JOYCE:	(*Kämpft mit ihrem Koffer*) Oh! Oh, guten Morgen, Mr. Leadbetter.
LEADBETTER:	Ich dachte schon, ich würde den Zug verpassen! (*Plötzlich*) Geben Sie her, ich lege Ihren Koffer auf meinen.
JOYCE:	Oh, ich danke Ihnen vielmals!

Die Koffer werden auf die Ablage geschoben, plötzlich verrutscht ein Koffer.

Der Koffer trifft einen PASSAGIER.

PASSAGIER 1:	Au!
JOYCE:	Oh!
LEADBETTER:	Tut mir furchtbar leid, alter Knabe! Sind sie verletzt?
PASSAGIER 1:	Nein. Nein, es ist schon in Ordnung, wirklich …
JOYCE:	Sind Sie sicher?

PASSAGIER 1:	Ja – ganz sicher …
LEADBETTER:	Das elende Ding ist mir aus der Hand ge-rutscht.
PASSAGIER 2 :	Unfälle passieren immer mal …
PASSAGIER 1:	Natürlich …
LEADBETTER:	(*Nachdem er die Koffer richtig platziert hat*) Ah, tja, so ist es besser. Nein! Nein, Sie nehmen den Eckplatz, Miss Whitman – ich bestehe darauf!

Der Zug nimmt Fahrt auf.
Aufblenden der Zuggeräusche.

EIN ERSTE-KLASSE-ABTEIL IN EINEM ZUG.
Später. Zuggeräusche abblenden.

LEADBETTER:	Ja, ich habe ihn heute Morgen gesehen. Ich hatte eine nette Unterhaltung mit ihm, aber ich fürchte, er hat mir nicht viel erzählt. Leider. (*Kleines Lachen*) Um genau zu sein, hat er mir – wenn ich es mir recht überlege – genau gar nichts erzählt!
JOYCE:	Wie sagte er, war sein Name – Hoover?
LEADBETTER:	Ja – Peter Hoover.
JOYCE:	Ist er Polizist oder so etwas?
LEADBETTER:	Ich glaube, das muss er sein. Ein furchtbar netter Kerl, aber schrecklich vage. Da fällt mir ein: Ich hoffe, dass er nicht darauf ver-gisst, mein Telegramm abzuschicken …
JOYCE:	Telegramm?
LEADBETTER:	An Margaret, meine Tochter. Ich habe sie gebeten, mich vom Zug abzuholen. Ich dachte, da es ihr Geburtstag ist, könnten wir zusammen zu Mittag essen.
JOYCE:	(*Leicht überrascht*) Kann sie denn das schon – sie abholen? Alleine, meine ich?
LEADBETTER:	Doch ja, allerdings. (*Stolze*) Sie ist ein sehr

	selbständiges Kind. (*Einen Moment*) Sie müsste das schon schaffen, denke ich …
JOYCE:	(*Leise*) Ja.
LEADBETTER:	Miss Whitman, warum kommen Sie nicht mit uns zum Mittagessen?
JOYCE:	Das ist sehr nett von Ihnen, aber …
LEADBETTER:	Nein, wirklich, ich meine es ernst!
JOYCE:	Das ist furchtbar nett von Ihnen, aber …
LEADBETTER:	Bitte …
JOYCE:	… es gibt nichts, was ich lieber täte, aber …
LEADBETTER:	(*Leise*) Bitte …
JOYCE:	Nun … (*Ein langer Moment*) … In Ordnung!
LEADBETTER:	(*Lässt sich zufrieden in seinen Sitz zurücksinken*) Ah, gut – das wäre geklärt.

Man hört die Zuggeräusche.
Lange Pause.

JOYCE:	(*Sanft, neugierig*) Warum lächeln Sie?
LEADBETTER:	(*Langsam*) … Gestern Abend, als Sir Hubert mich mit der Pistole bedrohte, sagte ich: »Es interessiert mich verdammt nochmal nicht, ob sie den Abzug drücken oder nicht.« Und interessanterweise war es mir gestern Abend tatsächlich egal.
JOYCE:	Und?
LEADBETTER:	Tja, ich habe gerade nachgedacht, Miss Whitman. Ich bin froh – sehr froh –, dass er den Abzug nicht gedrückt hat.

Pause.

| JOYCE: | Ach, sind Sie das, Mr. Leadbetter? |

Aufblenden des Zuges.
Überblenden zur Musik.

ENDE.

112

Mr Lucas

Ausstrahlung (BBC Home Service):
Donnerstag, 3. Juli 1945, 20.15 Uhr
Dauer: 45 Minuten

Peter Hoover . . . . HAROLD SCOTT
Major Dallas . . . . SEBASTIAN CABOT
Crawley, alias Mr. Lucas . . . . . JAMES HARCOURT
Elsie . . . . .FREDA FALCONER
Ramaza . . . . GEORGE OWEN
Bill Leadbetter . . . . FRANK PETTINGELL
Dai Morgan . . . . ROGER SNOWDON
Joyce Whitman . . . . GRIZELDA HERVEY
Sir Hubert Brandon . . . . GORDON MCLEOD
Walker . . . . STANLEY GROOME
Norman Brandon . . . . HERON CARVIC
ferner mit . . . . LUCILLE LISLE
. . . . ERNEST SEFTON
. . . . GLEN FARMER
. . . . FRANK PARTINGTON
. . . . DERMOT CATHIE

Ein Hörspiel von . . . . FRANCIS DURBRIDGE
Produktion und Regie . . . . .HOWARD ROSE

MR. LUCAS

a new radio play

By FRANCIS
DURBRIDGE

tells how a Nazi
leader tried to
feather his nest

8.15 p.m.

Radio Times, Ausgabe 1135/1945, Seite 10

113

Die Besetzungsliste, die die Rollen in der Reihenfolge ihres Erscheinens aufführt, stammt aus der *Radio Times*. Daraus wird auch ersichtlich, dass der Rollenname ›Pietro‹ durch den Rollennamen ›Ramaza‹ ersetzt wurde. Interessant ist auch der Text in der Beschreibung der *Radio Times*, die auf einen führenden Nazi anspielt, der der Hintermann ist. Wie in der Einleitung erklärt, dürfte dies durch das Ende des Zweiten Weltkriegs geändert worden sein.

Nun noch ein Blick auf die holländische Produktion, bei der die Rollen leider nicht den Schauspielerinnen und Schauspielern zugeordnet werden konnten.

Mister Lucas

Ausstrahlung (BRT): Freitag, 6. November 1981
Dauer: 48 Minuten

Es sprechen . . . . ANTON COGEN
. . . . .WALTER CORNELIS
. . . . JACKY MOREL
. . . . JAN CELIS
. . . . JAKOB BEKS
. . . . FRANÇOIS BERNARD
. . . . HERMAN BRUGGEN
. . . . DORIS VAN CANEGHEM
. . . . JOS KENNIS
. . . . MARC LEEMANS

Ein Hörspiel von . . . . FRANCIS DURBRIDGE
Übersetzung . . . . LUC VAN DEN BROECKE
Ton . . . . EDDY BILKIN
Regie . . . . MICHEL DE SUTTER

Francis Durbridge
Die Caspary-Affäre

Die handelnden Personen

SIR EDWARD KENTON	Psychiater
DELLA KENTON, geborene WARING	Schauspielerin
SAM BRENT	Schauspieler
DR. HOFFMAN	Arzt
CHARLES CASPARY	Pianist
PHYLLIS BRACE	Sir Edwards Sekretärin
COLONEL WAYMAN	Kriminalbeamter
DR. SANDERSON	Polizeiarzt
BRUNO	Kutscher
MAC	Wirt im *Dorchester*
ROGERS	Kellner bei *Peronilo*
PERONILO	Betreiber eines Restaurants
EIN TAXIFAHRER	
EIN KELLNER	
ZWEI MÄNNER IM KONZERT	

Die Handlung spielt
in La Rose, nahe Genf, und in London
im Jahr 1946.

Die Caspary-Affäre

Titelmusik. Musik wird ausgeblendet.

Überblendung zum Geräusch eines Schlittens. Wir hören Pferde und Glocken. Der Schlitten fährt einen steilen Hügel hinauf.

Nach einer Weile, als die Musik verklingt, kommt der Schlitten zum Stehen. Die Pferde sind erschöpft und BRUNO *flüstert ihnen kurz zu und versucht, die Tiere zu beruhigen.*

BRUNO ist ein alter, leicht übellauniger Franzose.

BRUNO:	(*Plötzlich, nach einer kurzen Pause*) Nun – hier sind wir, Monsieur!
DELLA:	(*Erfreut, aber überrascht*) Ist das die Klinik?
BRUNO:	Das ist die Klinik, Madame – Château Bonivard.
DELLA:	(*Verzaubert*) Himmlisch ist es hier!! Edward, sieh dir nur diese Bäume an! Und den See und die …
SIR EDWARD:	Sieht genauso aus wie eine Weihnachtskarte!
DELLA:	(*Zu BRUNO*) Wie oft kommen Sie hier hoch?
BRUNO:	(*Gleichgültig*) Jeden Tag. Manchmal zweimal am Tag, manchmal dreimal. In La Rose kommen und gehen ständig Leute. (*Plötzlich, gereizt*) Wollen Sie, dass ich auf Sie warte?
SIR EDWARD:	Ja.
BRUNO:	Wie lange, Monsieur?
SIR EDWARD:	Oh, ungefähr eine halbe Stunde. Wir besu-

chen einen Freund von uns – er ist hier Patient.

BRUNO: (*Zuckt mit den Achseln*) Eine halbe Stunde. Dreißig Minuten. (*Zögert*) Das ist eine lange Zeit zum Warten, Monsieur. Den Pferden wird kalt und …

DELLA: Aber Sie hatten doch gesagt, dass Sie warten würden. Sie sagten, dass Sie für fünfzig Francs …

BRUNO: (*Unterbricht DELLA*) Das war am Fuße des Bergs, Madame – wenn man den Gipfel erreicht, dann …

SIR EDWARD: (*Ruhig, aber mit Autorität*) Sie warten!

BRUNO: (*Nach einem Moment, gedämpft*) Oui, Monsieur – ich warte!

Musik aufblenden.

IN DER KLINIK.

Überblenden der Musik. Beim letzten anhaltenden Ton beginnt der Dialog.

DR. HOFFMAN: (*Erfreut*) Sir Edward Kenton?

SIR EDWARD: Ja?

DR. HOFFMAN: Mein Name ist Hoffman – Dr. Hoffman. Ich glaube, wir haben vor etwa einer Stunde miteinander telefoniert, oder?

SIR EDWARD: Aber ja, natürlich.

DELLA: Es ist furchtbar nett von Ihnen, dass Sie uns so spontan kommen ließen, Dr. Hoffman, vor allem, weil es so kurzfristig war.

DR. HOFFMAN: Es ist uns eine Ehre, Lady Kenton. Um ehrlich zu sein, Mr. Brent hat so oft von Ihnen beiden gesprochen, dass ich beinahe das Gefühl habe, wir sind alte Freunde. Ich hoffe, Sie hatten eine angenehme Reise nach

Genf?

SIR EDWARD: Ja, danke. Wie geht es Sam heute?

DR. HOFFMAN: (*Zögernd*) Heute geht es ihm viel besser, denke ich.

DELLA: Dr. Hoffman, stört es Sie, wenn ich Ihnen eine Suggestivfrage stelle?

DR. HOFFMAN: (*Leicht amüsiert*) Das ist an sich schon eine Suggestivfrage, Lady Kenton.

DELLA: (*Ernsthaft*) Wird er wieder gesund werden?

DR. HOFFMAN: (*Eine Pause*) Tja, nun …

SIR EDWARD: (*Leise*) Della, bitte.

DR. HOFFMAN: (*Freundlich*) Ich bin seit fast siebzehn Jahren hier im Château Bonivard. In dieser Zeit habe ich einige sehr bemerkenswerte Heilungen erlebt, Lady Kenton – und natürlich auch nicht wenige Enttäuschungen. (*Ein Augenblick, ruhig*) Ihr Freund ist krank – ernsthaft krank – das muss ich Ihnen nicht sagen. Aber – immer vorausgesetzt, er hat den Willen zu leben – dann denke ich, dass die Chancen für seine Genesung – eine vollständige Genesung – keineswegs hoffnungslos sind.

DELLA: (*Ein kleines Lachen*) Den Willen zu leben! Aber Sammy ist einer der glücklichsten Menschen, denen man begegnen kann! Ich kann mich nicht erinnern, dass er jemals einen Moment unglücklich war, oder, Edward?

DR. HOFFMAN: (*Langsam, nachdenklich*) Das ist nicht ganz dieselbe Sache, Lady Kenton. (*Plötzlich*) Jedenfalls weiß er, dass Sie hier sind – und ich bin mir sicher, dass er schon sehr ungeduldig auf Sie wartet.

Die Musik beginnt.

DR. HOFFMAN: Und wenn Sammy Brent ungeduldig wird ... (*DELLA und SIR EDWARD beginnen zu lachen*) Wehe! Wehe!

Alle lachen.

Das Lachen blendet in Musik über.

<u>DAS ZIMMER VON SAM BRENT.</u>

Musik ausblenden. Eine Tür öffnet sich.

SAM: (*Erschrocken, aber nicht verängstigt*) Wer ist da?

DR. HOFFMAN: (*Weiter weg*) Es ist alles in Ordnung, Sam. Ich bin's. Hoffman.

SAM: (*Hustet leicht*) Oh ... Ich schalte das Licht an ...

DR. HOFFMAN: (*Näher*) Nein. Nein, bewegen Sie sich nicht. Es ist schon in Ordnung – ich schalte die Tischlampe ein. (*Schaltet das Licht ein*) Haben Sie geschlafen?

SAM: Nein, nein, um Himmels willen, nein! Sind sie weg?

DR. HOFFMAN: (*Kommt langsam näher*) Ja, Ihre verehrten Gäste sind wieder weg, Mr. Brent. (*Einen Moment*) Nun – wie geht es Ihnen nach all der Aufregung?

SAM: Ich fühle mich gut! Übrigens, ich habe sie morgen zum Mittagessen eingeladen. Aber ich weiß nicht, ob ...

DR. HOFFMAN: Ja, Sir Edward hat es mir gesagt. Das sollte eine nette Abwechslung für Sie sein.

SAM: Ich hoffe, es macht Ihnen nichts aus.

DR. HOFFMAN: Mein lieber Samuel, Sie brechen unsere Regeln und Vorschriften mit monotoner Regelmäßigkeit. Ich sehe keinen Grund, warum ich eine Ausnahme bei dieser besonderen Verletzung der Etikette machen sollte.

	Lassen Sie mich Ihren Puls fühlen.

Eine Pause.

SAM:	Und?
DR. HOFFMAN:	(*Freundlich, ignoriert die Frage*) Wie lange kennen Sie Lady Kenton schon?
SAM:	Oh – das müssen jetzt zwölf oder fünfzehn Jahre sein. Ob Sie es glauben oder nicht, wir haben einmal zusammen in einem Musical gespielt!
DR. HOFFMAN:	(*Amüsiert*) Einem Musical?
SAM:	Ja. In einer Neuauflage von *Annie Gets Your Gun.* Ich war Buffalo Bill.
DR. HOFFMAN:	(*Lacht*) Das muss beeindruckend gewesen sein.
SAM:	Das war es auch. Natürlich kannte ich Edward zuerst – wir waren zusammen in Oxford. Mein Gott, was für ein Arbeitstier! Er arbeitete Tag und Nacht – selbst als sein alter Herr starb und ihm den Großteil von zwei Millionen hinterließ, hat er immer noch weitergeschuftet.
DR. HOFFMAN:	Ich muss sagen, dass er ein sehr liebenswerter Mensch zu sein scheint.
SAM:	Ja – ein ausgezeichneter Mensch.
DR. HOFFMAN	So sagt man. Haben Sie sein Buch gelesen?
SAM:	(*Lacht*) Ich habe versucht, es zu lesen. Psychologie ist nicht gerade mein Fachgebiet, fürchte ich.
DR. HOFFMAN:	(*Nachdenklich, etwas verwirrt*) Wissen Sie, Sammy, als Sie mir das erste Mal erzählt haben, dass die Kentons Freunde von Ihnen sind, musste ich – ich weiß nicht warum – an den Namen ›Winters Hill‹ denken. Wie kam ich bloß auf diesen Namen? Ich hatte ja schon von Sir Edward gehört und ich kannte

	seinen Ruf als Psychiater, aber warum brachte ich bloß den Namen ›Winters Hill‹ in Zusammenhang mit ihm …
SAM:	(*Fast aus dem Stehgreif*) ›Winters Hill‹ war der Name des Hauses – jenes Hauses, das Edward kurz vor seiner Heirat gekauft hat.
DR. HOFFMAN:	(*Plötzlich*) Ja, natürlich! (*Nachdenklich*) Natürlich! Ich wusste, dass da etwas war. Ich erinnere mich jetzt! Es gab da einen unglücklichen Unfall. Sir Edward hatte eine Gruppe von Freuden auf Besuch und einer von ihnen … starb …

Kurze Pause.

DR. HOFFMAN:	Interessiert sich Sir Edward denn für das Theater?
SAM:	Nein, nicht wirklich.
DR. HOFFMAN:	Wie hat er dann Lady Kenton kennengelernt – Della Waring? Wer hat sie einander vorgestellt?
SAM:	Ich war das!
HOFFMAN:	Ach!
SAM:	(*Nachdenklich*) Das war für mein Empfinden schon vor einer Ewigkeit, obwohl es noch nicht so lange her ist. Es war im Herbst 1941. Ich hatte gerade meine Rolle in einer Radioserie mitgespielt, und eines Abends, als ich nichts mit mir anzufangen wusste, schlenderte ich ins *Dorchester*. Ich erinnere mich, dass ich mich hinsetzte und einen trockenen Martini bestellte.

Überblenden.

DAS PUB *DORCHESTER*.

Überblenden in Hintergrundgespräche. Dann werden die Hintergrundgespräche leiser.

SAM:	Guten Abend, Mac!
MAC:	(*Ein Schotte*) Guten Abend, Mr. Brent! Na, wie geht's Ihnen heute Abend, Sir?
SAM:	Mir würde es viel besser gehen, wenn ich einen deiner trockenen … (*Er hält inne, erstaunt*) Was denn? Du meine Güte! Das kann ich nicht glauben! Ich – kann – es – einfach – nicht – glauben!
SIR EDWARD:	(*Kommt näher, leise aber erfreut*) Hallo, Sammy! Wie geht es dir?
SAM:	(*Immer noch überrascht*) Edward Kenton – ausgerechnet! Was in aller Welt machst du hier?
SIR EDWARD:	Nun, im Moment trinke ich gerade einen Whisky mit Soda. Willst du mir nicht Gesellschaft leisten?
SAM:	Ja – mach mir einen Whisky mit Soda, Mac.
MAC:	(*Geht*) Ja, Sir.
SIR EDWARD:	Du scheinst überrascht, mich hier zu sehen, Sam.
SAM:	Ich bin überrascht, alter Junge! Ich dachte, du wärst in Deutschland.
SIR EDWARD:	War ich auch – heute Morgen.
SAM:	Gestern Abend war ein Artikel über dich im *Standard*. Du warst auf einer Vortragsreise oder so etwas, nicht wahr?
SIR EDWARD:	Ja.
SAM:	Verzeih meine Unwissenheit, aber über was genau hast du den Vortrag gehalten, alter Junge?
SIR EDWARD:	Über Geisteskrankheiten.
SAM:	Oh – du meinst Verdrängungen und Hemmungen, diese Art von Dingen?
SIR EDWARD:	Offensichtlich ist deine Unwissenheit nur ein Vorwand – du weißt alles aus dem Eff-

eff.

SAM:	Ich weiß, dass es darauf hinausläuft, dass du mir helfen kannst, wenn ich mich hoffnungslos in einen Teddybären verliebe.
SIR EDWARD:	Ich könnte versuchen, etwas dagegen zu tun, Sammy.
SAM:	Ja, ich weiß – wahrscheinlich heilst du den Teddybären!
SIR EDWARD:	Es liegt da ein Hauch von Geringschätzung in deiner Stimme, Samuel, den ich leicht beunruhigend finde!

SAM lacht.

MAC:	(*Kommt näher*) Hier, bitte schön, meine Herren – Sie bedienen sich doch selbst mit dem Soda?
SAM:	Danke. (*Zu SIR EDWARD*) Sag »stopp«!

Das Geräusch eines Siphons.

SIR EDWARD:	Stopp.
SAM:	Fliegst du zurück nach Deutschland, Edward, oder …

Wieder das Geräusch des Siphons.

SIR EDWARD:	Nein. Ich bleibe hier – zumindest vorläufig. (*Ein kleines Lachen*) Ich habe nämlich gerade ein Haus gekauft.
SAM:	Ach, wo denn?
SIR EDWARD:	Nicht weit von Dorking. Es heißt ›Winters Hill‹.
SAM:	Oh – das klingt charmant. (*Plötzlich*) Also, Prost!
SIR EDWARD:	Prost!

Eine kleine Pause.

SAM:	Wie spät hast du's?
SIR EDWARD:	Es ist genau – Viertel vor sieben.
SAM:	Was machst du heute Abend noch?
SIR EDWARD:	Das weiß ich noch nicht – obwohl ich mir

	vorstellen kann, wie üblich in meinem Club zu Abend zu essen.
SAM:	Ich habe zwei Karten für *Elaine,* die neue Della-Waring-Show. – Warum kommst du nicht mit?
SIR EDWARD:	Tja … (*Ein kurzes Zögern, dann plötzlich*) Danke, Sam, das würde ich sehr gerne.
SAM:	Gut. Die Show fängt nicht vor halb neun an. Wir können vorher noch eine Kleinigkeit essen, wenn du willst!
SIR EDWARD:	Was ist es denn – ein Theaterstück?
SAM:	Nein – ich sagte doch, es ist die neue Della-Waring-Show.
SIR EDWARD:	Della Waring?
SAM:	Sag bloß, du hast noch nie von Della Waring gehört?
SIR EDWARD:	Tja – leider nein.
SAM:	Ist das dein Ernst?
SIR EDWARD:	Natürlich ist das mein Ernst.
SAM:	Das gibt's doch nicht!
SIR EDWARD:	Was macht sie genau?
SAM:	(*Fassungslos*) Della Waring?
SIR EDWARD:	Ja.
SAM:	Tja, sie singt, alter Junge!
SIR EDWARD:	Oh. *(Einen Moment)* Oper?
SAM:	Oper? Großer Gott, nein!
SIR EDWARD:	Ach – du meinst Musical, Revue, so etwas?
SAM:	Ja. (*Lacht*) Diesen herabwürdigenden Ton in deiner Stimme, Edward, finde ich leicht beunruhigend.

Einblenden von Musik.

IM THEATER.

Ausblenden Musik. Überblenden zu DELLA WARING, die ein populäres Lied singt. Als das Lied zu Ende ist, gibt es einen

125

kurzen Applaus von einem begeisternden Publikum.

SAM: Bitte schön, Edward – das ist das Mädchen, von dem du noch nie gehört hast!

Die Musik geht weiter, dann wird sie langsam ausgeblendet.

DELLAS GARDEROBE.

Wir hören DELLA, die leise vor sich hin singt. Es klopft an die Tür ihrer Garderobe.

SAM: (*Ruft von außen*) Bist du angezogen?

DELLA: Ja.

SAM: (*Enttäuscht*) Oh …

Die Tür öffnet sich.

DELLA: Komm rein, Sammy!

SAM: (*Kommt näher*) Hallo, Darling.

DELLA: Hat dir die Show gefallen?

Die Tür schließt sich.

SAM: (*Bei ihr*) Ob sie mir gefallen hat? Sie war fantastisch, Della! Fabelhaft! Aber was für ein muffiger letzter Akt!

DELLA: (*Lacht*) Sammy, du bist unverbesserlich!

SAM: Übrigens, Della, ich möchte dir einen sehr alten Freund von mir vorstellen. Sir Edward Kenton.

DELLA: Der Psychiater?

SAM: (*Überrascht*) Sag bloß nicht, dass du schon von ihm gehört hast!

DELLA: Natürlich habe ich schon von ihm gehört! Schön, Sie kennenzulernen, Sir Edward!

SIR EDWARD: (*Mit offensichtlicher Aufrichtigkeit*) Danke für einen höchst erfreulichen Abend, Miss Waring. Es ist schon sehr lange her, dass ich mich so gut amüsiert habe.

DELLA: (*Erfreut, aber ein wenig verlegen*) Das ist sehr nett von Ihnen, ich … ich … (*Ein kleines Lachen*) Du scheinst doch noch ein paar

126

	nette Freunde zu haben, Sammy!
SAM:	Was soll das heißen? Du wärst ganz schön überrascht, wenn du einige der Leute kennenlernen würdest, die ich kenne. (*Denkt nach*) Oh, meine Güte! Was habe ich denn da schon wieder gesagt?
DELLA:	(*Lacht*) Sir Edward, lassen Sie mich Ihnen einen Drink geben. Was möchten Sie – einen Gin Tonic?
SIR EDWARD:	Das wäre sehr nett, Miss Waring.
DELLA:	Das Gleiche für dich, Sammy?
SAM:	Bitte, Darling. Lass mich das doch machen.

SAM beginnt, die Getränke zu mischen.
Ausblenden.

DAS ZIMMER VON SAM BRENT.

Aufblenden von SAMs Stimme.

SAM:	Edward entwickelte plötzlich eine Vorliebe für das Theater. Della schwört, dass er die Vorstellung mindestens zehnmal gesehen hat. Sie heirateten im darauffolgenden Frühling – etwa sechs oder sieben Monate, nachdem ich Edward an jenem Abend im *Dorchester* getroffen hatte. Ich war dann auch Trauzeuge und dabei habe ich wirklich gute Figur gemacht, mein lieber Hoffman, glauben Sie mir!
DR. HOFFMAN:	Ich bin mir sicher, dass Sie das getan haben, Sammy. Aber sagen Sie – wie war ›Winters Hill‹?
SAM:	Oh, es war bezaubernd. Und Della war verrückt danach. Natürlich war es für alle eine große Überraschung, als sie Edward heiratete. Und doch waren sie sehr glücklich zusammen, schrecklich glücklich, natürlich

127

	nur bis …
DR. HOFFMAN:	… bis zur Caspary-Affäre?
SAM:	Ja.
DR. HOFFMAN:	(*Zögert*) Waren Sie an dem Wochenende dabei, an dem Wochenende, an dem Caspary …
SAM:	Ja, das war ich. Aber natürlich begann die ganze Angelegenheit schon lange davor. Seltsamerweise begann sie mit einem Lied.
DR. HOFFMAN:	(*Leise, aber ziemlich überrascht*) Mit einem Lied?
SAM:	Ja, mit einem recht hübschen Lied – Della war gebeten worden, bei einem Konzert zu singen. Es war eine Wohltätigkeitsveranstaltung zu Gunsten zugunsten irgendeines Theaterfonds – und eines Abends, zwei oder drei Tage vor dem Konzert, rief sie mich an.

SAM BRENTS WOHNUNG.

Nach einer langen Pause wird der Hörer abgehoben und wir hören SAMs schläfrige Stimme.

SAM:	(*Verzerrt, schläfrig*) Hallo?
DELLA:	Bist du das, Sam?
SAM:	Wer ist da?
DELLA:	Ich bin's, Della!
SAM:	Della! Großer Gott!
DELLA:	Was ist? Bist du schon im Bett?
SAM:	Natürlich bin ich schon im Bett! Schon seit einer halben Ewigkeit!
DELLA:	Sam, hör zu! Du kommst doch zu dem Konzert am Dienstag, nicht wahr?
SAM:	(*Leicht irritiert*) Natürlich komme ich – ich komme mit Edward!
DELLA:	Tja, also, Edward kann nicht kommen, Sam – er hat sich gefragt, ob du wohl seine Sek-

	retärin mitnehmen würdest.
SAM:	Was denn? – Phyllis Brace?
DELLA:	Ja – Phyllis Brace.
SAM:	Aber ich mag Phyllis Brace nicht!
DELLA:	Oh, sie ist aber ganz in Ordnung, wenn man sie näher kennenlernt.
SAM:	(*Gereizt*) Aber ich will sie nicht näher kennenlernen!
DELLA:	(*Lacht*) Komm schon, Sammy! Sei ein Schatz!
SAM:	Na gut – in Ordnung! Ich warte dann auf sie um halb drei am Theater – und sag ihr um Himmels willen, sie soll diesen roten Hut nicht aufsetzen – sie sieht damit aus wie ein Briefkasten!
DELLA:	(*Lacht*) Sam, hör zu! Leg noch nicht auf, Darling! – Es gibt da noch etwas, was ich dich fragen wollte.
SAM:	Was?
DELLA:	Hast du jemals von einem Komponisten namens Michael Leighton gehört?
SAM:	Michael Leighton? Nein – nie von ihm gehört. Warum?
DELLA:	Nun – es ist ziemlich merkwürdig, aber ich habe heute Morgen ein Lied von ihm mit der Post erhalten. Es steht nur sein Name drauf – Michael Leighton. Keine Adresse, kein Brief oder sonst etwas.
SAM:	Kluger Junge – er geht kein Risiko ein!
DELLA:	Nein, aber das ist genau der Punkt, Sammy – es ist furchtbar gut!
SAM:	Wie gut?
DELLA:	Nun, ganz ehrlich, ich denke ernsthaft darüber nach, es beim Konzert zu singen.
SAM:	Mach keinen Unsinn, Della! Du kannst es

	dir nicht leisten, mit einer brandneuen Nummer den Hals zu riskieren.
DELLA:	(*Unschlüssig*) Es ist ein furchtbar guter Song, Sammy.
SAM:	Tja, es ist dein Hals, Della. Darf ich jetzt weiterschlafen?
DELLA:	Ja, in Ordnung, Darling. Und sei nett zu Phyllis!

SAM hängt den Hörer ein.

VOR DEM THEATER.

Aufblenden von Verkehrsgeräuschen, dann Abblenden des Verkehrs in den Hintergrund. Das Taxi kommt zum Stehen. Wir hören das Geräusch einer sich öffnenden Taxitür.

SAM:	(*Zum TAXIFAHRER*) Behalten Sie den Rest!
TAXIFAHRER:	Oh! Danke, Sir!

Pause.

SAM:	(*Ziemlich außer Atem*) Oh – hallo, Miss Brace – es tut mir schrecklich leid, dass ich zu spät bin!
PHYLLIS:	(*Kalt*) Es ist fast Viertel vor drei.
SAM:	Ja, ich weiß, es tut mir furchtbar leid. Hat das Konzert schon angefangen?
PHYLLIS:	Natürlich.
SAM:	Tja, dann sollten wir wohl besser reingehen.
PHYLLIS:	Haben Sie die Eintrittskarten?
SAM:	Die Eintritts... (*Nervöses kleines Lachen*) Ach ja, die Eintrittskarten ... Ah, da sind sie ja! Kommen Sie!

Verkehrsgeräusche vollständig ausblenden.

DAS THEATER. KONZERTSAAL.

Aufblenden eines Klaviers. Als es aufhört zu spielen, ertönt Applaus.

SAM:	Das ist das erste Mal, dass ich Caspary höre.

	Er ist furchtbar gut, nicht wahr?
PHYLLIS:	(*Leise*) Ja, das ist er wohl.
SAM:	(*Etwas überrascht von PHYLLIS' Tonfall*) Ach? Mögen Sie ihn denn nicht?
PHYLLIS:	Ich denke, er ist ein sehr guter Pianist.
SAM:	Aber Sie mögen ihn nicht?
PHYLLIS:	Vielleicht bin ich voreingenommen.
SAM:	(*Neugierig*) Sind Sie ihm denn schon einmal begegnet?
PHYLLIS:	(*Einen Moment, dann*) Einmal – vor langer Zeit. Ich glaube nicht, dass er sich noch an mich erinnert.
SAM:	Man sagt, er sei ein ziemlicher Schürzenjäger.
PHYLLIS:	Das weiß ich nicht.

Das Orchester beginnt zu spielen. Applaus erklingt.

ERSTER MANN:	Da kommt Della Waring …
SAM:	Sie sieht großartig aus, nicht wahr?
PHYLLIS:	Ja – es ist ein schönes Kleid.
ZWEITER MANN:	(*Spricht von hinten zu PHYLLIS*) Ich bitte um Verzeihung, Madam, aber würden Sie bitte Ihren Hut abnehmen …
PHYLLIS:	(*Eher kühl*) Ja – ja, natürlich.

Musik beginnt. DELLA beginnt zu singen.
Ausblenden.
Musik wird ausgeblendet und auch die Geräusche aus dem Saal.

DIE GARDEROBE.

Aufblenden von SAM, der gerade eine seiner Geschichten beendet.

| SAM: | … und dann sah der Bischof dem Mädchen fest in die Augen und sagte: »Aber dafür bin ich doch da, meine Liebe.« |

DELLA und SAM lachen über die Geschichte.

DELLA: Sammy, du bist wirklich furchtbar.

SAM: Ich fürchte, jetzt habe ich die arme Miss Brace schockiert.

PHYLLIS: Überhaupt nicht, Mr. Brent, es ist nur so, dass ich die Geschichte schon kannte.

SAM: Kennen Sie schon die Geschichte von dem Seemann, der es sich zur Aufgabe gemacht hat, …

DELLA: Sam, bitte!

SAM: (*Schnell, wechselt das Thema*) Ich muss schon sagen, das ist eine sehr schöne Garderobe, Della. Hast du jemals in diesem Theater gespielt?

DELLA: Ja, einmal, vor etwa … (*Plötzlich*) Sammy, ich wollte dir noch etwas sagen. Du erinnerst dich doch an das erste Lied, dass ich sang – die neue Nummer?

SAM: Ja – es kam sehr gut an. Diesbezüglich lag ich offensichtlich falsch.

DELLA: Also, ich habe eine Nachricht von dem Komponisten erhalten. Sie ist ziemlich amüsant. Hier – lies selbst.

DELLA gibt SAM die Nachricht.

SAM: (*Liest*) »Liebe Miss Waring, tausend Dank dafür, dass Sie mein Lied so schön gesungen haben. Würden Sie mir die Ehre erweisen, nächste Woche einmal mit mir zu Mittag zu essen? Ich würde *Peronilo* in der Greek Street vorschlagen, am nächsten Donnerstag, um ein Uhr. Mit freundlichen Grüßen, Michael Leighton.«

PHYLLIS: Also wirklich!

SAM: Es gibt noch ein P. S. (*Liest*) »Sie werden mich unweigerlich erkennen. Ich werde eine weiße Nelke tragen.«

PHYLLIS: Ich finde das wirklich eine Frechheit!

SAM: Und ziemlich kitschig! (*Lacht*) Trotzdem –
              ich bewundere die Frechheit des Kerls.
              Wenn ich du wäre, Della, würde ich hinge-
              hen! Wenn auch nur aus Neugierde!

DELLA: Ich hätte große Lust dazu!

Es klopft an der Tür.

DELLA: Herein!

Die Tür öffnet sich.

CASPARY: (*In der Tür, freundlich*) Es tut mir sehr leid,
              Sie zu stören, aber – ich frage mich, ob Sie
              mir wohl mit einem Handtuch aushelfen
              könnten?

DELLA: Aber ja, natürlich!

SAM: Bitte schön.

CASPARY: (*Kommt herein, lacht*) Danke. Ich begann
              meine Hände zu waschen und entdeckte
              dann, dass es kein Handtuch in meiner Gar-
              derobe gibt.

DELLA: (*Freundlich, lacht*) Wie unangenehm!

SAM: Sie sind doch Mr. Caspary, nicht wahr?

CASPARY: Ja.

SAM: Sam Brent.

CASPARY: Sehr angenehm, Mr. Brent?

SAM: Lady Kenton …

CASRARY: Ja, natürlich.

SAM: Und Miss Brace.

CASPARY: (*Freundlich*) Oh – sind wir uns nicht schon
              einmal begegnet, Miss Brace?

PHYLLIS: (*Leise*) Ja – vor langer Zeit.

CASPARY: (*Höflich*) War es nicht in der Schweiz?

PHYLLIS: Ja – genauer gesagt war es in Zürich.

CASPARY: (*Lächelt*) Ah, ja, natürlich. (*Er ist mit dem
              Handtuch fertig*) Tja – so es ist besser. Ich
              danke Ihnen.

SAM:	Nichts zu danken! Jederzeit, alter Junge. Handtücher, Gesichtspuder …

Alle lachen.

CASPARY:	Ich hoffe, wir sehen uns wieder, Lady Kenton …
DELLA:	Das hoffe ich doch.
CASPARY:	(*Geht*) Auf Wiedersehen.
SAM:	Auf Wiedersehen, alter Junge!

Die Tür schließt sich.

SAM:	Hm. Netter Kerl! (*Plötzlich*) Also, bist du fertig, Della?
DELLA:	Ja.

Musik aufblenden.

PHYLLIS:	(*Leise*) Ich werde dem Chauffeur sagen, er soll den Wagen holen, Lady Kenton.

Schnelles Aufblenden der Musik.

IM RESTAURANT *PERONILO.*

Als die Musik auf der letzten Note ist, beginnt der Dialog.

ROGERS:	Guten Tag, Sir!
CASPARY:	Guten Tag, Rogers. Ah, guten Tag, Peronilo!
PERONILO:	(*Kommt näher, ein Italiener mittleren Alters*) Guten Tag, Mr. Caspary. Wie geht es Ihnen heute, Sir?
CASPARY:	Mir geht es gut, danke, Peronilo. Ist mein Tisch fertig?
PERONILO:	Jawohl, Sir. Der am Fenster, Sir – der, den Sie sich gewünscht haben. Geben Sie mir Ihren Mantel.
CASPARY:	Ah, gut!
ROGERS:	Sie haben da etwas in Ihrer Manteltasche, Mr. Caspary. Ich weiß nicht, ob …
CASPARY:	Ach ja, meine Tabletten. Ich sollte sie wohl besser nehmen, denke ich, sonst werde ich

noch den ganzen Tag verfluchen. (*Plötzlich*)
Oh! Und ich darf das Knopfloch nicht vergessen …

ROGERS: Werden Sie die Nelke tragen, Sir?

Musik beginnt.

CASPARY: Ja – ich werde die Nelke tragen.

Musik wird laut.

SAM BRENTS ZIMMER.

Die Musik blendet in den Dialog über.

SAM: Anscheinend schrieb Charles Caspary schon
                   seit einiger Zeit Musik – die populärere Art
                   von Musik –, aber er konnte sich nie recht
                   entscheiden, was er damit tun sollte. Er be-
                   fürchtete wohl, dass ein Ruf als Komponist,
                   der populäre Lieder schreibt, seine Karriere
                   als Konzertpianist beeinträchtigen könnte.
                   Dann, eines Morgens, fasste er plötzlich den
                   Entschluss, unter dem Pseudonym Michael
                   Leighton zu schreiben. Er schickte eines
                   seiner Lieder an Della – das, das sie bei dem
                   Benefizkonzert gesungen hatte – und …
                   nun, den Rest der Geschichte kennen Sie ja.

DR. HOFMANN: Ja. Aber was geschah an diesem Morgen bei
                   Peronilo?

Start Ausblenden.

SAM: Allem Anschein nach war Caspary char-
                   mant – wirklich charmant. Und wie die
                   meisten charmanten Männer, sprach er viel
                   über sich selbst.

Komplett ausblenden.

DAS RESTAURANT *PERONILO.*

CASPARY: Lady Kenton, bitte! Sagen Sie, dass Sie mir
                   nicht böse sind! Sagen Sie, dass Sie mir

verzeihen, dass ich Ihnen nicht früher gesagt habe, dass ich das Lied geschrieben habe.

DELLA: (*Leicht amüsiert*) Ich bin sehr verärgert, Mr. Caspary! Wenn ich nicht so schrecklich hungrig wäre, würde ich sofort gehen.

CASPARY: Das glaube ich Ihnen nicht. Sie würden schon aus reiner Neugierde bleiben.

DELLA: Ach? Wie kommen Sie darauf?

CASPARY: Erfahrung. (*Freundlich*) Das ist ein schönes Restaurant, nicht wahr? Es ist winzig – aber es ist so schön. Wissen Sie, es erinnert mich immer an ein kleines Restaurant in Hornbæk. Vor Jahren habe ich …

DELLA: Hornbæk? Ist das in Dänemark?

CASPARY: Ja. Etwa eineinhalb Stunden von Kopenhagen entfernt. (*Freundlich*) Waren Sie jemals in Kopenhagen?

DELLA: Nur einmal. Ich verbrachte einen Monat bevor ich heiratete zwei Tage dort. Ich fand es leider sehr langweilig.

CASPARY: Das überrascht mich nicht. Der erste Eindruck ist oft so. (*Amüsiert*) Ich werde nie vergessen, wie ich das erste Mal nach London kam. Ich wohnte in einer kleinen Pension in Bayswater namens *Belle Vue*. Ich habe nie verstanden, warum.

DELLA: (*Lacht*) Meinen Sie, Sie haben nie verstanden, warum Sie dort gewohnt haben, oder warum man es *Belle Vue* nannte?

CASPARY: Oh, ich hatte einen guten Grund dort zu wohnen: Es kostete einen Pfund die Woche weniger als jedes andere Hotel, das ich finden konnte.

DELLA: Verstehe.

CASPARY: (*Mit fast jungenhaftem Charme*) Als ich

	nach England kam, hatte ich einen Anzug, ein Empfehlungsschreiben und dreiundfünfzig Pfund in meiner Tasche. (*Lächelt*) Ich habe neunundzwanzig Pfund für ein Klavier ausgegeben. (*Lacht*) Danach konnte ich es mir schwer leisten, im *Ritz* zu wohnen, oder?
DELLA:	Trotzdem, Mr. Caspary, scheinen Sie eine bemerkenswerte Entwicklung und Karriere gemacht zu haben.
CASPARY:	(*Freundlich*) Das war auch immer mein Ziel! (*Plötzlich*) Ah, Kellner!
KELLNER:	(*Kommt näher*) Sir! Hat man schon Ihre Bestellung aufgenommen?
CASPARY:	Nein – noch nicht.
KELLNER:	Nun, was möchten Sie trinken, Sir?
CASPARY:	Lady Kenton …?
DELLA:	Nur Wasser, bitte.
CASPARY:	Wasser! Unser erstes Treffen – und Sie trinken Wasser! Wenn das eine Szene auf der Leinwand wäre, Lady Kenton, dann würden wir Rosé-Champagner trinken.
DELLA:	(*Lacht*) Aber wir sind nicht im Kino, Mr. Caspary!
CASPARY:	Na gut. Nur Wasser, Kellner.
KELLNER:	Wasser!

Musik langsam aufblenden.

CASPARY:	Ja – nur Wasser. (*Als Nachsatz*) Für den Moment jedenfalls.

Schnelles aufblenden der Musik.

SAM BRENTS ZIMMER.

Die Musik blendet direkt in den Dialog über.

DR. HOFFMAN:	Ich nehme an, Caspary hat ihr versprochen, geheim zu halten, dass er Michael Leighton

137

war …

SAM: Nicht nur das, alter Junge. Bevor das Mittagessen vorbei war, hatte Della ihn mehr oder weniger beauftragt, die Musik für ihre neue Show zu schreiben.

DR. HOFFMAN: (*Überrascht*) Und hat er sie geschrieben?

SAM: Oh ja.

DR. HOFFMAN: Und war die Show ein Erfolg?

SAM: Nein, merkwürdigerweise war die Show ein Misserfolg, aber die Musik war herrlich – wirklich herrlich! Es gab eine Nummer – ein Duett – die jeden Abend zwei Mal gespielt werden musste.

DR. HOFFMAN: Haben Sie in der Show mitgespielt?

SAM: Nein. Mir wurde zwar eine Rolle angeboten und ich hatte sogar schon mit den Proben begonnen, dann ist aber dieses verdammte Problem von mir … (*hustet*) … wieder aufgeflammt.

Leichte Pause.

SAM: Natürlich wussten sehr viele Leute über Charles Caspary Bescheid – ich meine, sein Ruf als Frauenheld war bekannt. …Ich versuchte, Della zu warnen, ihr zu sagen, dass sie sich nicht so viel mit ihm treffen sollte, aber es war wirklich eine sehr schwierige Situation.

DR. HOFFMAN: Wusste Sir Edward, dass sie mit ihm befreundet war?

SAM: Ja, ich glaube schon. Ich bin mir sogar sicher, dass er es wusste. Della wollte, dass er Caspary trifft. Sie dachte wohl, dass, wenn sie sich treffen und in Ruhe vernünftig über die Dinge reden würden, sich die Lage entspannen und reiner Tisch gemacht würde.

Aber Edward weigerte sich – er war unnachgiebig in dieser Sache, ich glaube fast bockig. Dann plötzlich ... tja ... Er musste nach Schottland und sollte dort bis Ende des Monats bleiben, aber am zweiten Tag erhielt er eine dringende telefonische Nachricht von einem seiner Patienten, einem Mann namens Frank Marsham. Er eilte zurück nach London, um Marsham zu behandeln und fuhr dann natürlich auch nach ›Winters Hill‹.

Musik aufblenden.

SAM: Nach dem, was ich gehört habe, war Della nicht zu Hause, als er ankam, aber seine Sekretärin – Phyllis Brace – war da.

Überblenden zum Dialog.

›WINTERS HILL‹. WOHNZIMMER.

SIR EDWARD: Danke für den Kaffee, Phyllis – das war genau das, was ich brauchte. Möchten Sie eine Tasse?

PHYLLIS: Nein danke, Sir Edward.

SIR EDWARD: Möchten Sie ein Sandwich?

PHYLLIS: Ich habe erst zu Mittag gesessen.

SIR EDWARD: Ah, ich verstehe.

Eine kleine Pause.

PHYLLIS: Tja, ich denke, ich gehe dann wieder, ich habe da noch einige Briefe, die ich schreiben möchte ...

SIR EDWARD: (*Leise*) Phyllis ...

PHYLLIS: Ja, Sir Edward?

SIR EDWARD: (*Eine Pause*) Ich wollte Sie schon seit einiger Zeit fragen ... (*Er zögert, dann:*) Wissen Sie etwas über einen Mann namens Charles Caspary?

PHYLLIS:	(*Zögert*) Er ist Pianist – ein ziemlich berühmter Pianist.
SIR EDWARD:	Ja. Ja, ich weiß, aber – wissen Sie etwas über ihn – persönlich, meine ich?

Eine bedeutende Pause.

PHYLLIS:	Nur, dass er einmal jemanden – jemanden, der mir sehr am Herzen lag – schrecklich, – ja – verdammt unglücklich gemacht hat. (*Einen Augenblick*) Sie beging Selbstmord.

In der Ferne ist das Geräusch eines vorfahrenden Autos zu hören.

SIR EDWARD:	Oh. Oh, ich verstehe. (*Einen Moment*) Danke, Phyllis.
PHYLLIS:	(*Ruhig*) Gute Nacht, Sir Edward.
SIR EDWARD:	(*Seine Gedanken sind woanders*) Gute Nacht …

Die Tür öffnet und schließt sich. SIR EDWARD seufzt. Wir hören das Geräusch von Kaffee, der in eine Tasse gegossen wird, dann öffnet sich die Tür.

DELLA:	(*An der Tür, überrascht*) Was denn, Edward!
SIR EDWARD:	Oh, hallo, Della!
DELLA:	Liebling, seit wann bist du zurück?
SIR EDWARD:	Seit heute Nachmittag – ich dachte, ich überrasche dich.
DELLA:	(*Kommt herein*) Du siehst müde aus, Edward.
SIR EDWARD:	Ja. Die Reise war ziemlich anstrengend. Am Flughafen war Nebel und ich musste mit dem Zug fahren. (*Einen Moment*) Gefallen dir die Blumen, Della?
DELLA:	(*Plötzlich, sie bemerkt sie*) Oh – sie sind himmlisch!
SIR EDWARD:	Ich habe sie einer alten Dame am Bahnhof abgekauft. Im Frühstücksraum sind noch ein

	paar.
DELLA:	Sie sind wunderschön, Edward! Ich liebe Narzissen.
SIR EDWARD:	Ja. Ja, ich weiß. (*Eine peinliche Pause, er spricht ohne nachzudenken*) Sie wollte nach Skegness.
DELLA:	Wer?
SIR EDWARD:	Die alte Dame.
DELLA:	(*Mit einem kleinen Lachen*) Oh. Oh, ich verstehe. (*Eine weitere Pause*) Hast du lange gewartet, Liebling?
EDWARD:	Ich bin seit etwa einer Stunde zu Hause. Ich habe mit Frank Marsham gegessen.
DELLA:	Marsham? Ah, das ist also der Grund, weshalb du so schnell aus Schottland zurückgekehrt bist?
SIR EDWARD:	Ja. (*Eine kleine Pause*) Ich habe mir ein paar Sandwiches gerichtet, Della, möchtest du auch eines?
DELLA:	(*Nach kurzem Zögern*) Nein, danke.
SIR EDWARD:	Nur zu – sie sind sehr gut!
DELLA:	Nein, wirklich nicht.
SIR EDWARD:	Wo hast du gegessen?
DELLA:	Im – (*Sie zögert*) – im *St. Monica*.
SIR EDWARD:	(*Leicht überrascht*) Im *St. Monica*? Meine Güte, es muss eine Ewigkeit her sein, dass wir zusammen im *St. Monica* waren. Wie bist du darauf gekommen, dorthin zu gehen?
DELLA:	Ich dachte, das es vielleicht mal eine Abwechslung wäre.
SIR EDWARD:	Mit wem warst du dort?
DELLA:	Ich war allein dort.
SIR EDWARD:	Verstehe. War das nicht ziemlich langweilig?
DELLA:	Weißt du, das Lokal hat sich sehr verändert,

seit wir das letzte Mal dort waren. Sie haben jetzt eine Cocktailbar.

SIR EDWARD: Tatsächlich?

DELLA: Ja. (*Als Nachsatz*) Eine große, grüne Cocktailbar. (*Plötzlich, schnell*) Ich gehe jetzt nach oben, Edward, also …

SIR EDWARD: (*Plötzlich*) Nein, warte, Liebling – einen Moment noch!

DELLA: Was ist?

SIR EDWARD: (*Nach einem Moment, mit dem Anflug eines Lächelns*) Es ist schon ein wahnsinniger Vorteil, nicht wahr, Della?

DELLA: Was meinst du?

SIR EDWARD: Dass ich ein Psychiater bin.

Eine Pause.

DELLA: Du weißt, was ich dir zu sagen versuche, nicht wahr? Du weißt, was ich dir seit Tagen, schon seit Wochen zu sagen versuche.

SIR EDWARD: Ja. Ja, ich weiß, was.

DELLA: Ich liebe Charles Caspary. (*Eine kleine Pause*) Ich habe ihn vom ersten Augenblick an geliebt. Es gibt nicht eine Minute, nicht eine Sekunde, in der ich nicht an ihn denke. (*Kurze Pause, dann:*) Schon seit Tagen wollte ich dir davon erzählen. Ich hatte Angst, war bekümmert und fast immer unglücklich deshalb.

SIR EDWARD: (*Einen Moment, langsam*) Vor wem hattest du Angst? (*Mit einem schwachen Lächeln*) Vor dem Ehemann oder dem Psychiater?

DELLA: Vor dem Psychiater, Edward. (*Sanft, den Tränen nahe*) Trotz all deiner Fehler warst du noch nie ein Ehemann, vor dem man Angst haben muss.

Schnelles Aufblenden der Musik.

Musik ausblenden. Eine Tür öffnet sich.

SIR EDWARD: (*Ein Hauch von Irritation in seiner Stimme*) Ach – du bist es, Della!

DELLA: Bist du sehr beschäftigt?

SIR EDWARD: Ja, leider. Was willst du?

DELLA: Du … Du hast deine Meinung wohl nicht geändert?

SIR EDWARD: Nein.

DELLA: (*Sanft*) Edward – ich wünschte, du würdest es tun.

SIR EDWARD: Liebling, lass uns das nicht noch einmal durchmachen, bitte! Wir haben darüber gestern Abend und am Abend davor diskutiert.

DELLA: Aber früher oder später musst du Charles treffen. Du kannst ihm nicht ewig aus dem Weg gehen.

SIR EDWARD: (*Ein Hauch von Wut in seiner Stimme*) Ich habe meinen Standpunkt ganz klar gemacht, Della. Es gibt nichts mehr, was ich daran ändern werde. Wenn du dich scheiden lassen willst, dann …

DELLA: Oh, Liebling, nicht …

SIR EDWARD: Um Himmels willen, verkompliziere die Angelegenheit nicht auch noch dadurch, indem du sentimental wirst! Entweder liebst du ihn, oder du liebst ihn nicht.

DELLA: Aber ich will nur, dass du Charles siehst – und die Dinge besprichst. – Sicherlich ist das …

SIR EDWARD: (*Aufbrausend*) Ich habe nicht die geringste Absicht, ihn zu sehen – und die Dinge zu besprechen! Ich sage es dir jetzt ein für alle Mal!

Einen Moment.

143

DELLA:	(*Sanft*) Edward …
SIR EDWARD:	Ja?
DELLA:	Warum hast du dich diesbezüglich so verändert?
SIR EDWARD:	(*Angespannt*) Habe ich mich denn verändert?
DELLA:	Ja. (*Langsam*) Du hasst Charles, nicht wahr?
SIR EDWARD:	(*Leise*) Mehr als ich je jemanden in meinem Leben gehasst habe! (*Plötzlich, mit einem seltsamen Aufblitzen von Zuversicht*) Es ist fast wie eine Besessenheit, Della! Ich habe versucht, es zu verdrängen – Gott weiß, ich habe es versucht, aber es ist sinnlos. (*Ungestüm*) Ich werde ihn nicht treffen und nichts, was du sagst, kann mich da umstimmen. Das haben wir schon tausend Mal besprochen! Ich kenne alle Fragen und alle Antworten. (*Vehement*) Und ich hasse ihn! Verstehst du, Della? Ich hasse ihn!!! Mein Gott, wie ich ihn hasse! Ich wünschte, er wäre tot – und in der Hölle!!

Eine Pause.

DELLA:	Verstehe.
SIR EDWARD:	(*Nach einer Pause, mit so normaler Stimme, wie möglich*) Ich fahre nach dem Essen in die Stadt, vielleicht schlafe ich im Club.
DELLA:	Ja. Ja, in Ordnung. (*Einen Moment, dann geht sie*) Wenn du mich brauchst, ich bin im Wohnzimmer.

Die Tür schließt sich. SIR EDWARD mischt sich einen Drink. Die Tür öffnet sich.

SIR EDWARD:	Ja? Was ist, Phyllis?
PHYLLIS:	(*Kommt herein, leise*) Sie haben doch Mrs. Tracey nicht vergessen.
SIR EDWARD:	Nein.

PHYLLIS:	Sie wartet schon seit über einer Stunde.
SIR EDWARD:	Ja, ich weiß. (*Er trinkt*)
PHYLLIS:	(*Nach einer kleinen Pause, besorgt*) Sir Edward, ich wünschte Sie würden … (*Sie zögert*)
SIR EDWARD:	(*Verärgert*) Was? (*Bitter*) Na los, Phyllis! Heraus damit! Heraus mit allen Floskeln und Sprüchen! Nur zu! Keine Angst!
PHYLLIS:	(*Sanft, aufrichtig*) Sie können so nicht weitermachen.
SIR EDWARD:	Das ist wohl Ihr Lieblingssatz, nicht wahr, Phyllis? Sie können so nicht weitermachen – (*Mit einem bitteren Lachen*) Aber Sie können so weitermachen, Phyllis – das ist der Witz. Weiter und weiter und weiter und … (*Er hält plötzlich inne, leise*) Es tut mir leid, ich …
PHYLLIS:	(*Sanft*) Vielleicht spreche ich mit Mrs. Tracey und gebe ihr besser einen neuen Termin.
SIR EDWARD:	Ja. Ja, das wäre sehr nett.
PHYLLIS:	Oh, und hier ist das Heroin, Sir Edward. Schwester Thompson hat es vorbeigebracht.
SIR EDWARD:	Das Heroin? Oh, ja. Ja, natürlich!
PHYLLIS:	Ich habe es noch nicht überprüft, aber es sollten sechzehn Fläschchen sein. Ich stelle sie in den Schrank.
SIR EDWARD:	(*Plötzlich*) Nein. Nein, es ist schon in Ordnung, Phyllis. Stellen Sie einfach alles auf den Schreibtisch.
PHYLLIS:	Ich schließe sie aber normalerweise im Aktenschrank ein, nur für den Fall …
SIR EDWARD:	Ist schon in Ordnung, Phyllis – ich kümmere mich darum.
PHYLLIS:	(*Ruhig*) In Ordnung, Sir Edward.

Nach einem Moment schließt sich die Tür. Eine Pause. Dann

145

hört man das Geräusch des Öffnens eines Pakets.

SIR EDWARD: (*Zu sich selbst, nachdenklich*) Neun … zwölf … sechzehn … Sechzehn Ampullen … Sechzehn Ampullen mit Heroin …

Die Tür öffnet sich.

SIR EDWARD: (*Scharf*) Was ist los – was woll…? Ach – du bist es, Della.

DELLA: (*Leise, leicht überrascht*) Ich bin gerade auf dem Weg hinunter ins Dorf. Brauchst du irgendetwas?

SIR EDWARD: Nein. Nein, ich glaube nicht, danke. (*Einen Moment, dann:*) Della, es tut mir leid, wenn ich grob zu dir war. Ich möchte mich entschuldigen. Es ist nur so, dass … (*Zögert*) Wenn du meinst, dass es eine gute Idee ist, Caspary zu treffen, dann … will ich ihn treffen.

DELLA: Ganz, wie du willst, Edward.

SIR EDWARD: (*Einen Moment, dann:*) Lade ihn für das Wochenende hierher ein. Sag ihm, es war mein Vorschlag.

DELLA: Bist du sicher, Edward?

SIR EDWARD: Ja, meine Liebe. Ich bin ganz sicher …

Musik aufblenden.

SAM BRENTS ZIMMER.

Musik ausblenden, Einblenden von SAMs Stimme.

SAM: Am Freitagnachmittag erhielt ich einen Anruf von Edward, der mich für das Wochenende nach ›Winters Hill‹ einlud. Er erwähnte Caspary nicht und daher war ich ziemlich unangenehm überrascht, als er beim Abendessen plötzlich neben mir saß.

DR. HOFFMAN: War das das erste Mal, dass Sie Caspary seit der Matinee sahen?

146

SAM:	Nein, seltsamerweise begegnete ich ihm am Abend, bevor ich nach ›Winters Hill‹ fuhr. Ich kam zufällig in das Hotel, in dem er wohnte. Er war mit einem großen, grauhaarigen, ziemlich distinguiert aussehenden Mann unterwegs. Einen Moment lang dachte ich, es sei Edward.
DR. HOFFMAN:	Das muss ein sehr unangenehmes Wochenende für Sie gewesen sein, mein Freund, ich kann mir nicht vorstellen, wie …
SAM:	Aber es war gar nicht unangenehm, das ist das Außergewöhnliche daran. Edward schien Caspary zu mögen. Er tat fast alles, um ihm wohlgesonnen zu sein. Wirklich, es war wirklich alles sehr angenehm – bis zum Sonntagnachmittag natürlich.
DR. HOFFMAN:	War das, als …?
SAM:	Ja. Ja, das war … als es passierte. Wir waren im Wohnzimmer und hörten Radio: Edward, Della, Phyllis Brace, Caspary und ich. Merkwürdigerweise …

Musik langsam aufblenden.

SAM:	… spielte das Orchester eine Auswahl aus *Elaine.* Das war die Show, die ich mit Edward an dem Abend sah, an dem er Della zum ersten Mal traf.

›WINTERS HILL‹. WOHNZIMMER.

SIR EDWARD:	Möchtest du noch etwas mehr Eis in dein Glas, Sammy, oder …?
SAM:	Doch, ja, gerne, Edward.
SIR EDWARD:	(*Leise, aber plötzlich*) Mein Gott, Sie haben ja noch gar keinen Drink, Caspary, das tut mir aber furchtbar leid!
CASPARY:	(*Lacht*) Das ist schon in Ordnung.

147

SIR EDWARD:	Was ist mit Ihnen, Phyllis?
PHYLLIS:	Nein, nein, ich will nichts, Sir Edward.
SIR EDWARD:	Della?
DELLA:	(*Hört dem Radio zu*) Hm? Nein – nein, danke, Edward! (*Plötzlich*) Sammy, hör dir das an! Kannst du dich an diese Szene erinnern?
SAM:	Natürlich! Eine schrecklich gute Show. (*Als Nachsatz*) Allerdings mit einem muffigen letzten Akt.

CASPARY lacht. Die Musik geht zu Ende.

DELLA:	Würden Sie bitte ausschalten, Phyllis, ja?
EDWARD:	Dein Getränk, Sammy!

Er gibt etwas Eis in ein Glas.

SAM:	Oh, danke.
SIR EDWARD:	Caspary …
CASPARY:	Oh, danke. (*Summt die Melodie*) Was für eine nette kleine Melodie.
DELLA:	Spiel sie doch für uns, Charles.

Einen Moment Pause, dann Klavier, leise, aber im Hintergrund.

CASPARY:	Mögen Sie Musik, Sir Edward?
SIR EDWARD:	Ja, ich denke schon – ja. Obwohl ich sehr wenig Zeit dafür habe. (*Nach einigem Zögern*) Meine Mutter war zu ihrer Zeit eine ziemlich berühmte Sängerin.
CASPARY:	(*Höflich*) Ach, tatsächlich?
SIR EDWARD:	Ja. Sie hat oft auf dem Kontinent gesungen. In Paris, Berlin, Wien, Brüssel und zweimal, glaube ich, in Kopenhagen.
CASPARY:	Kenton?

Das Klavier bleibt plötzlich stehen.

CASPARY:	(*Langsam*) Doch nicht Beatrice Kenton?
SIR EDWARD:	Doch.
CASPARY:	Du meine Güte! Das ist ja ganz außergewöhnlich! Wissen Sie, ich erinnere mich,

	dass mein Vater mich in die Wiener Oper mitnahm, um Ihre Mutter singen zu hören. Das war 1931 … Ja, 1931. Was sie doch für eine wunderschöne Stimme hatte!
SIR EDWARD:	1931 … Das muss ihr allerletzter Auftritt gewesen sein. Wissen Sie, sie starb im Jahr darauf. (*Plötzlich, erfreut*) Aber schön, dass Sie sich daran noch erinnern.
CASPARY:	Aber natürlich, erinnere ich mich! Ich war zehn Jahre alt. Ich kann mich sehr deutlich daran erinnern. (*Nachdenklich*) Beatrice Kenton. Sie war sehr klein und dunkel – und sie trug ein silbernes Kleid – das schönste Kleid, das ich je gesehen habe, glaube ich. (*Lacht*) Aber sie sah kein bisschen wie eine Opernsängerin aus.
SIR EDWARD:	(*Amüsiert*) Nein!
CASPARY:	Na, das ist ja außergewöhnlich!
SIR EDWARD:	Ja, nicht wahr!

CASPARY spielt weiter am Klavier. Eine Pause entsteht.

DELLA:	Das ist eine wunderbare Melodie. Ich glaube, ich bin ihr gar nicht gerecht geworden.
SAM:	Das bist du sehr wohl, Della. Du warst fabelhaft.

Das Klavierspiel geht weiter. Plötzlich hört es auf, dann hört man einen Misston, als CASPARY umkippt.

DELLA schreit.

SAM:	Was ist?
DELLA:	(*Entsetzt*) Edward!
PHYLLIS:	Was ist passiert?
SAM:	Großer Gott, was ist mit ihm passiert?
DELLA:	(*Erschrocken*) Edward! (*Fassungslos*) Edward!

Pause.

SIR EDWARD:	(*Leise*) Er ist tot …

SAM:	(*Leise, entsetzt*) Was?
PHYLLIS:	Aber … aber er kann doch nicht tot sein!
SIR EDWARD:	(*Angespannt*) Er ist tot … Er ist tot, sage ich euch.
SAM:	(*Leise, überrascht*) Della, warum starrst du so auf das Glas?
DELLA:	(*Angespannt, emotional*) Edward, du hast ihm einen Drink gemixt – du hast einen Drink für ihn gemixt, kurz bevor …
SIR EDWARD:	(*Schnell*) Aber er hat es nicht angerührt! Della, gib mir das Glas!
DELLA:	(*Überreizt*) Du hast ihm einen Drink gemixt, kurz bevor er anfing zu spielen …
SAM:	(*Scharf*) Was ist drin? Was ist in diesem Glas?
DELLA:	Es sieht aus wie Heroin … Sam, sieh mal!
SAM:	(*Eine kleine Pause, schnell*) Ja.
PHYLLIS:	Heroin!
DELLA:	Ich hätte es ahnen müssen!
SIR EDWARD:	Della, um Gottes willen!
DELLA:	Du hast ihn vergiftet! Du hast ihn vergiftet! Deshalb hast du es dir damit anders überlegt, ihn doch zu treffen. Deshalb hast du ihn hierher eingeladen!
SIR EDWARD:	Ich sage dir doch, er hat das Glas nie angefasst …
DELLA:	(*Sehr emotional, völlig überdreht*) Oh mein Gott! Edward! (*Sie schluchzt heftig*)

Das Glas fällt herunter und zerspringt.
Die Musik beginnt.

›WINTERS HILL‹. WOHNZIMMER.
Die Musik überblendet auf eine Uhr, die vier Uhr schlägt.

DR. SANDERSON:	So, das hätten wir.
WAYMAN:	Und Sie haben keinen Zweifel daran, dass er

	vergiftet wurde?
DR. SANDERSON:	Keinen
WAYMAN:	Höchst seltsame Angelegenheit!
DR. SANDERSON:	Höchst seltsam.
WAYMAN:	Tja, ich denke, wir sollten es ihnen besser sagen.
DR. SANDERSON:	Ja. Ja, das sollten wir wohl besser tun. Wie sieht Sir Edward die Sache?
WAYMAN:	Gleich wie die anderen – ein Infarkt.
DR. SANDERSON:	Hm, durchaus verständlich. Es muss bemerkenswert ähnlich ausgesehen haben.
WAYMAN:	Ja. Tja, das ist dann wohl mein Bier, was?
DR. SANDERSON:	Ich fürchte ja. Sie sind der Polizist!
WAYMAN:	Pech gehabt!

Eine Tür öffnet sich und für einen kurzen Moment hören wir die Stimmen von SAM, SIR EDWARD, DELLA *und* PHYLLIS BRACE.

Die Stimmen verstummen allerdings fast in dem Moment, in dem die Tür geöffnet wird.

SIR EDWARD:	(*Nach einem Moment*) Nun, Doktor?
DR. SANDERSON:	Colonel Wayman möchte Ihnen etwas sagen, Sir Edward.
SIR EDWARD:	Ja?
WAYMAN:	(*Räuspert sich, dann:*) Sir Edward, sagen Sie mir – war Mr. Caspary ein Freund von Ihnen?
SIR EDWARD:	(*Nach einem kurzen Zögern*) Natürlich – er war mein Gast.
WAYMAN:	Um wie viel Uhr ist Mr. Caspary gestern Nachmittag hier eingetroffen?
SIR EDWARD:	Etwa Viertel vor eins.
WAYMAN:	Ist er zum Mittagessen geblieben?
SIR EDWARD:	Natürlich.
WAYMAN:	Und zum Abendessen, nehme ich an?
SIR EDWARD:	Selbstverständlich.

151

WAYMAN:	(*Nach einem Moment*) Als ich heute Nachmittag hier ankam, bemerkte ich auf dem kleinen Tisch neben dem Klavier zwei Gläser. Sagen Sie mir, hatte …?
SIR EDWARD:	(*Etwas irritiert*) Sie haben zwei Gläser auf dem kleinen Tisch bemerkt – aus dem einfachen Grund, dass wir etwas getrunken haben.
WAYMAN:	(*Höflich*) Wir?
SIR EDWARD:	Mr. Brent, Mr. Caspary und ich.
WAYMAN:	Was hat Mr. Caspary genau getrunken?
SIR EDWARD:	Er wollte gerade einen Whisky mit Soda trinken.
WAYMAN:	Gerade?
SIR EDWARD:	Ja.
WAYMAN:	Soll das heißen, dass …?
SIR EDWARD:	Es soll heißen, dass ich Mr. Caspary einen Whisky mit Soda gemixt habe, er ihn aber nicht angerührt hat.
WAYMAN:	Sind Sie ganz sicher, dass er ihn nicht angerührt hat.
SIR EDWARD:	Ganz sicher.
WAYMAN:	Wenn Sie drei Drinks gemixt haben, Sir Edward, wie erklären Sie dann die Tatsache, dass nur zwei Gläser auf dem Tisch standen?
SIR EDWARD:	Es ist wirklich ganz einfach, das dritte Glas – Mr. Casparys Glas – ist leider zerbrochen.
WAYMAN:	Ach? Und wie ist das passiert?
SIR EDWARD:	Als Caspary zusammenbrach, waren wir klarerweise alle ganz überrascht. Es gab eine große Aufregung.
WAYMAN:	Und?
SAM:	Im Laufe dieses Durcheinanders habe ich leider das Glas vom Tisch gestoßen.

WAYMAN:	Verstehe. Vielen Dank, Mr. Brent. (*Eine kleine Pause, dann:*) Wissen Sie, warum ich diese Fragen stelle, Sir Edward?
SIR EDWARD:	Nein.
WAYMAN:	Ich stelle sie, weil Dr. Sanderson ziemlich überzeugt davon ist, dass Mr. Caspary vergiftet wurde.
SIR EDWARD:	Vergiftet?
DELLA:	Mit – mit Heroin?
WAYMAN:	(*Überrascht*) Heroin?
DR. SANDERSON:	(*Ebenfalls überrascht*) Wie kommen Sie bloß darauf, dass er mit Heroin vergiftet wurde, Lady Kenton?
DELLA:	Wurde er es denn nicht?
DR. SANDERSON:	Ganz bestimmt nicht. Mr. Caspary wurde mit Strychnin vergiftet.

Aufblenden Musik.

SAM BRENTS ZIMMER.

Aufblenden von DR. HOFFMANs Stimme.

DR. HOFFMAN:	Strychnin?
SAM:	Ja – Strychnin.
DR. HOFFMAN:	Aber – aber Sie müssen doch völlig perplex gewesen sein!
SAM:	Das waren wir auch! Völlig perplex!
DR. HOFFMAN:	Was ist danach genau passiert?
SAM:	Es gab eine Untersuchung. Der Coroner urteilte, dass es Mord war – verübt durch eine oder mehrere unbekannte Personen.
DR. HOFFMAN:	Unter den gegebenen Umständen war es wohl das einzig Mögliche, was er tun konnte. Sie alle vermuteten doch auch, dass es Mord war?
SAM:	Ja, natürlich.
DR. HOFFMAN:	Glauben Sie, dass Sir Edward Caspary getö-

tet hat?

SAM: Sir Edward? Ich bin sicher, dass er es nicht getan hat. Er hatte es natürlich vor. Natürlich – denn deshalb gab er das Heroin in den Whisky und Soda. Aber Caspary wurde nicht durch Heroin vergiftet, sondern durch Strychnin.

DR. HOFFMAN: Der Arzt kann sich da wohl nicht geirrt haben, oder?

SAM: (*Lacht*) Könnte er? Sie sind doch selber Arzt! Nein, eine Obduktion hat seine Diagnose bestätigt. Jedenfalls kann Edward ihn unmöglich ermordet haben. Verstehen Sie nicht? Selbst wenn Caspary den Whisky mit Soda getrunken hätte, hätte es eine Weile gedauert, bevor das Heroin gewirkt hätte.

DR. HOFFMAN: Dasselbe gilt aber auch für Strychnin.

SAM: Ganz genau.

DR. HOFFMAN: Das Strychnin muss ihm also schon einige Zeit, bevor er anfing, Klavier zu spielen – vielleicht zwei oder drei Stunden zuvor – verabreicht worden sein.

SAM: Ja, das ist durchaus möglich.

DR. HOFFMAN: Woher wissen Sie dann, dass Sir Edward ihm das Strychnin nicht gegeben hat?

SAM: (*Lacht*) Das ist nicht sehr wahrscheinlich, oder? Ich meine, wenn Edward schon den Trick mit dem Strychnin probiert hatte, warum sollte er es dann noch einmal mit Heroin versuchen?

DR. HOFFMAN: (*Kleines Lachen*) Oh, ja – ja, daran hatte ich nicht gedacht!

SAM: Natürlich war Della fest davon überzeugt, dass Edward Caspary ermordet hatte – ich glaube, sie wäre immer noch davon über-

	zeugt, wenn da nicht die Tatsache wäre, dass …
DR. HOFFMAN:	Ja?
SAM:	Wenn da nicht die Tatsache wäre, dass sie sich wieder in ihn verliebt hat – erneut. Wissen Sie, Hoffman – Frauen verlieben sich manchmal in ihre Ehemänner, das ist eine seltsame Sache.
DR. HOFFMAN:	(*Nachdenklich*) War Edward Kenton die einzige Person mit einem Motiv?
SAM:	Nein, eine Menge Leute hatten ein Motiv für den Mord an Charles Caspary, das hatte ich sehr schnell herausgefunden.
DR. HOFFMAN:	Wie meinen Sie das?
SAM:	Als Caspary – wie es ein Schriftsteller wohl nennen würde – unter mysteriösen Umständen starb, entschloss ich mich, eine Rolle zu spielen, die ich schon immer spielen wollte.
DR. HOFFMAN:	Welche war das?
SAM:	Die des Amateurdetektivs.
DR. HOFFMAN	(*Amüsiert*) Sie meinen – Sie wollten den Fall selbst untersuchen?
SAM:	Ja.
DR. HOFFMAN:	(*Amüsiert*) Und was haben Sie herausgefunden, Mr. … Mr. Sherlock Holmes?
WAYMAN:	Ich habe genau herausgefunden, wie Charles Caspary ermordet wurde!
DR. HOFFMAN:	Aber wir wissen doch, wie er ermordet wurde! Er wurde vergiftet – mit Strychnin!
SAM:	Und wissen Sie auch, wie er mit Strychnin vergiftet wurde?
DR. HOFFMAN:	(*Leise, nach einem Moment*) Nein …
SAM:	Dann werde ich es Ihnen sagen! Caspary litt an Verdauungsstörungen. Er nahm Tabletten dagegen. Er schluckte die Tabletten –

	tja, häufig – nach fast jeder Mahlzeit.
DR. HOFFMAN:	Und?
SAM:	Jemand kam auf die ziemlich geniale Idee, eine spezielle Tablette herzustellen. Sie sah genauso aus wie eine von Casparys gewöhnlichen Tabletten, aber sie enthielt Strychnin. Die Person, die diese Tablette hergestellt hatte, steckte sie in die Packung, die Caspary bei sich trug, mit dem sicheren Wissen, dass er früher oder später …
DR. HOFFMAN:	… die Tablette einnehmen würde.
SAM:	Ja.
DR. HOFFMAN:	Tja, das ist eine interessante Theorie, mein Freund, aber ich verstehe nicht ganz …
SAM:	Es ist mehr als nur eine Theorie. Es ist ein Fakt!
DR. HOFFMAN:	Wie meinen Sie das?
SAM:	Ich sagte gerade, dass viele Leute ein Motiv hatten, Charles Caspary zu ermorden.
DR. HOFFMAN:	Ach?
SAM:	Nun, nehmen wir zum Beispiel Phyllis Brace.
DR. HOFFMAN:	(*Überrascht*) Phyllis Brace! Sie meinen – Sir Edwards Sekretärin?
SAM:	Ja.
DR. HOFFMAN:	Aber Sie glauben doch nicht, dass sie den Mord begangen hat?
SAM:	Warum nicht? Sie hatte ein Motiv. Ein sehr starkes Motiv, wenn man es so nennen will. Ihre Cousine verliebte sich in Caspary, er verführte sie und verließ sie dann. Das arme Mädchen beging schließlich Selbstmord.
DR. HOFFMAN:	(*Langsam*) Und Sie denken, dass Phyllis Brace deswegen Caspary ermordet hat?
SAM:	Das habe ich nicht gesagt. Ich habe nur ge-

sagt, dass sie ein Motiv hatte.

DR. HOFFMAN: Wissen Sie, Sammy – ich habe so das Gefühl, dass Sie genau wissen, wer Charles Caspary ermordet hat. Sie haben es nicht zufällig selbst getan?

SAM: (*Leicht amüsiert*) Nein. Nein, ich habe es nicht selbst getan. (*Ein Augenblick*) Erinnern Sie sich, dass ich Ihnen von dem grauhaarigen Mann erzählt habe, den ich gesehen hatte? Dem Mann, den ich mit Caspary in seinem Hotel sah, an dem Abend bevor ich nach ›Winters Hill‹ fuhr?

DR. HOFFMAN: Ja, ich erinnere mich.

SAM: Nun, ich interessierte mich sehr für diesen speziellen Gentleman. Ich habe mich gefragt, wer er war und warum genau er mit Charles Caspary befreundet war. Nach einer Weile stellte ich einige Erkundigungen an – diskrete Erkundigungen. Ich fand heraus, dass er sich im Hotel unter dem Namen De Silva angemeldet hatte und dass er sich seit mehreren Tagen im Hotel aufhielt. Mr. De Silva hatte sich offenbar mit Caspary in der Cocktailbar angefreundet. Sie hatten mehrere Drinks zusammen.

DR. HOFFMAN: Und?

SAM: Ich habe das Gefühl, dass er der Gentleman war, der die Strychnin-Tablette vorbereitet und dass er sie sorgfältig in die Packung mit den Verdauungstabletten gesteckt hatte.

DR. HOFFMAN: Aber warum? Warum sollte er das tun? Was war das Motiv?

SAM: (*Leise*) Ah – ja! Das Motiv. Ich habe ziemlich lange gebraucht, um das Motiv zu finden. Aber ich habe es gefunden! Erinnern

	Sie sich an das Mädchen, das Phyllis Brace erwähnte? – Ihre Cousine, die Selbstmord beging?
DR. HOFFMAN:	Ja.
SAM:	(*Nach einer Pause*) Sie war seine Frau.
DR. HOFFMAN:	Oh. Oh, ich verstehe. (*Eine Pause*) Und, sind Sie damit zur Polizei gegangen?
SAM:	Nein.
DR. HOFFMAN:	Warum nicht?
SAM:	Ich habe das Gefühl, dass Mr. De Silva ein Mann nach meinem Geschmack ist.

Eine Pause.

DR. HOFFMAN:	Wissen Sie, was passieren wird, mein Freund? Eines Tages werden Sie diesen grauhaarigen Gentleman treffen und ihm von Angesicht zu Angesicht gegenüberstehen – und Sie werden zu sich sagen: »Dieser Mann ist ein Mörder.« – Dieser Mann hat einmal einen Mord begangen. Wenn dieser Tag kommt, frage ich mich, ob Sie es bereuen werden … ob Sie es bereuen werden, dass Sie Ihre Informationen nicht an die zuständigen Behörden weitergegeben haben?
SAM:	Dieser Tag ist bereits gekommen, Dr. Hoffman. – Er kam vor drei Wochen.
DR. HOFFMAN:	Sie meinen …?
SAM:	Ich meine, dass ich Sie am ersten Tag, als ich hierher nach La Rosa kam, erkannte. Und ich bleibe dabei: Mr. De Silva war ein Mann nach meinem Geschmack.

Musik aufblenden.

ENDE.

The Caspary Affair

Ausstrahlung (BBC Home Service):
Donnerstag, 11. Juli 1946, 21.30 Uhr
Dauer: 60 Minuten

Sir Edward Kenton . . . . HUGH MILLER
Della . . . . CORAL BROWNE
Dr. Hoffman . . . . CHARLES GOLDNER
Sam Brent . . . . BARRY MORSE
Charles Caspary . . . . PHILLIP LEAVER
Phyllis Brace . . . . CECILE CHEVREAU
Dr. Sanderson . . . . WILLIAM TRENT
Colonel Wayman . . . . IAN SADLER

Ein Hörspiel von . . . . FRANCIS DURBRIDGE
mit Musik von . . . . JACK STRACHEY
Liedtexte von . ERIC MASCHWITZ, ALAN STRANKS
am Klavier . . . . SIDNEY CROOKE
Gesang . . . . EVE BECKE, JOHN BENTLEY
Musiker . . . . JOHN BLORE und sein Orchestra
Produktion und Regie . . . . VERNON HARRIS

Radio Times, Ausgabe 1188/1946, Seite 14

159

Die Radiokrimis von Francis Durbridge – Eine chronologische Übersicht

von Dr. Georg Pagitz

Im Laufe seiner langen Karriere verfasste Francis Durbridge zahllose Manuskripte für Radio- und Fernsehmehrteiler, denen er auch seinen immensen Erfolg verdankt. Abseits davon stammen etliche Romane, Theaterstücke, Filmdrehbücher, Kurzgeschichten und Comictexte von ihm.

Vom BBC-Produzenten Martyn C. Webster wurde der junge Mann Anfang der 1930er-Jahre in einer Bühnenrevue allerdings für das Radio entdeckt. Zwar befand Webster, dass Durbridge ein schrecklicher Schauspieler war, aber ihm gefielen die Texte, die der 1912 in Hull geborene Brite verfasst hatte. So kamen seine ersten Radioengagements zustande. Das erste Manuskript, das von der BBC vertont wurde, war *The Three-Cornered Hat* (also ›Der dreieckige Hut‹), ein Stück für die Kinderstunde, das am 25. Juli 1933 ausgestrahlt wurde. Es folgten immer wieder kürzere Texte und Sketche, ehe Durbridge im Alter von nur 21 Jahren mit dem einstündige Hörspiel *Promotion*, ausgestrahlt am 3. Oktober 1934, seinen ersten großen Erfolg landete. Es ging darin um das Leben in einem Großkaufhaus und zog wenig später (am 23. Februar 1935) die Fortsetzung *Dolmans* nach sich.

Durbridge, dessen großes Vorbild immer Edgar Wallace war, wollte jedoch von jeher Krimis schreiben. Mit der Erfindung von Paul Temple wurde 1938 seine über 50jährige Erfolgskarriere begründet. Zumindest im deutschen Sprachraum ist weniger bekannt, dass Durbridge aber auch noch zahlreiche andere Hörspiele, Serien und Mehrteiler ohne Temples schrieb.

161

Auf den folgenden Seiten wollen wir diese auflisten, stets mit den Sendedaten der BBC. Etliche Produktionen wurden auch neu vertont oder im Ausland in anderen Sprachen produziert, darauf wird hier nicht näher eingegangen, da es den Umfang dieses Artikels sprengen würde. Allerdings wird auf entsprechende deutsche Produktionen verwiesen.

Auch auf andere Auswertungen als Filmstory, Theaterstück und/oder Roman sowie auf entsprechende Hörbücher basierend auf den Romanen wird hier nicht verwiesen. Der erste (*Murder in the Midlands*) und der letzte Eintrag (*Paul Temple and the Alex Affair*) waren Grundlage bzw. Wiederverwertung eines weiteren Krimis, allerdings mit entscheidenden Änderungen im Plot, sodass die jeweiligen Fassungen als eigenständig betrachtet werden können.

1. *Murder in the Midlands* (13.11.1934)
   ⇨ Überarbeitete Version: *Over My Dead Body* (1945)
   Zwei Schauspieler nähern sich einem abgelegenen Haus in den Midlands und finden dort einen Toten.

2. *Murder in the Embassy* (04.08.1937)
   ⇨ Remake (Fremdbearbeitung): *Murder at the Embassy* (1946)
   In der Botschaft von Westovia kommt es in der Bibliothek während eines Balls zu einem Mord.

3. *Send for Paul Temple* (acht Teile, 08.04.1938 – 27.05.1938)
   ⇨ Einstündige Version: *Send for Paul Temple* (13.10.1941)
   Der Kriminalschriftsteller Paul Temple wird zu Hilfe gerufen, als Scotland Yard im Fall des berüchtigten Diamantenfürsten, der auch vor Mord nicht zurückschreckt, nicht weiterkommt.

4. *Paul Temple and the Front Page Men* (acht Teile, 02.11.1938 – 21.12.1938)
   Der Kriminalroman *Die Schlagzeilenmänner* einer unbekannten Autorin ist ein immenser Erfolg. Wenig später geschehen Verbrechen, die anscheinend von eben diesen Schlagzeilenmännern begangen wurden.

5. *News of Paul Temple* (sechs Teile, 13.11.1939 – 18.12.1939)
   ⇨ Einstündige Version: *News of Paul Temple* (05.07.1944)

Paul Temple macht in Schottland Urlaub. Allerdings scheint dort auch eine geheimnisvolle Spionageorganisation tätig zu sein. Der große Hintermann agiert unter dem Kürzel »Z.4«.

6. *A Case for Sexton Blake* (sechs Teile, 12.03.1940 – 16.04.1940)
Sexton Blake wird in ein Schloss gerufen, wo ein Familienmitglied der Marthiolys ermordet wurde. Hat der Mord mit dem »Mann mit der eisernen Maske« zu tun, dem angeblichen Familiengespenst?

7. *And Anthony Sherwood Laughed* (sechs in sich abgeschlossene Episoden, 20.12.1940 – 31.01.1941)
Anthony Sherwood ist ein Gentleman-Gauner und ein moderner Robin Hood. Er nimmt die Reichen aus, wobei diese es wieder auf ihn abgesehen haben …

8. *The Man from Washington* (sechs in sich abgeschlossene Episoden mit einem durchgehenden Element, 23.05.1941 – 27.06.1941)
Der amerikanische Gangster Johnny Cordell hilft Scotland Yard bei der Zerschlagung eines Rauschgiftschmugglerrings, wobei in jeder Episode ein Mitglied eliminiert wird.

9. *Death Comes to the Hibiscus* (zwölf Teile, 28.11.1941 – 20.02.1942, unter dem Pseudonym Nicholas Vane, gemeinsam mit Val Gielgud)
Die Tanzdame Amanda Smith im Nachtclub ›Hibiscus‹ stellt Nachforschungen in einem Mordfall an, der sich dort ereignet hat. Der Mord scheint mit dem Diebstahl einer Musikkomposition zu tun zu haben.

10. *Mr Hartington Died Tomorrow* (acht Teile, 09.02.1942 – 06.04.1942, unter dem Pseudonym Lewis Middleton Harvey)
⇨ Einstündige Version: *Mr Hartington Died Tomorrow* (30.10.1942)
Oliver Hartington, der König von Hollywood, wird in einem Restaurant vergiftet, nachdem er vergeblich einen Autor namens Peter London treffen wollte. Es folgen weitere Morde in der Filmbranche.

11. *Paul Temple Intervenes* (acht Teile, 30.10.1942 – 18.12.1942)
Der gefährliche »Marquis« hat schon drei Menschenleben auf seinem Gewissen. Niemand kennt ihn und Scotland Yard steht vor einem Rätsel. Das Innenministerium bittet Paul Temple, sich des Falls anzunehmen.

12. *Introducing Gail Carlton* (sechs in sich abgeschlossene Episoden, 10.12.1943 – 21.01.1944, unter dem Pseudonym Nicholas Vane)
Die Abenteuer einer jungen Journalistin, allerdings sind nicht alle Episoden kriminalistisch.

13. *Michael Starr Investigates* (sechsundzwanzig in sich abgeschlossene Episoden, 14.02.1944 – 07.08.1944)
Michael Starr hilft seinem Freund von Scotland Yard immer dann,
wenn dieser nicht weiter weiß.
Kurzkrimis, bei denen das Publikum mitraten konnte, wer der Täter ist,
weil dieser sich stets durch ein Detail im Verlauf der Handlung verriet.

14. *The Memoirs of André d'Arnell* (neun in sich abgeschlossene
Episoden, 09.10.1944 – 18.12.1944)
André d'Arnell, ein Franzose, berichtet aus seiner langjährigen Erfah-
rung und über seine spektakulärsten Kriminalfälle.
Wie *Michael Starr Investigates* bestehend aus Kurzkrimis, bei denen
man mitraten konnte.

15. *Over My Dead Body* (11.04.1945)
Überarbeitete Fassung von *Murder in the Midlands* (1934)
{Deutsche Fassungen: *Nur über meine Leiche* (1963), *Nur über meine
Leiche* (1964)}
Das Schauspielerehepaar Nelson fährt mit ihrem Wagen an einem neb-
ligen Tag durch Essex und verirrt sich in ein alleinstehendes Haus, wo
es einen Toten findet.

16. *Mr Lucas* (03.07.1945)
Scotland Yard sucht einen geheimnisvollen Hehler, der in Großbritannien aktiv ist und an den eine wertvolle Kette übergeben werden soll.
Ein Scotland-Yard-Inspektor tarnt sich auf einer Zugfahrt als Mr. Lucas, um dem Mann auf die Schliche zu kommen.

17. *Passport to Danger!* (sechs Teile, 01.08.1945 – 05.09.1945)
Der Bruder von Linda West ist im Ausland spurlos verschwunden. Lediglich die Nachricht, dass er eine außergewöhnliche Entdeckung gemacht hat, ist zu ihr durchgedrungen. Ansonsten fehlt jedes Lebenszei-
chen. Linda macht sich auf die Suche nach ihm …

18. *Send for Paul Temple Again* (acht Teile, 13.09.1945 –
01.11.1945)

⇨ Überarbeitete Version: *Paul Temple and the Alex Affair* (1968)
Eine Schauspielerin wurde ermordet in einem Zug aufgefunden. Auf
der Abteiltür stand der Name »Rex«. Wer ist der unbekannte Mörder,
der nach einer Todesliste zu morden scheint? Ein Fall für Paul Temple.

19. *A Case for Paul Temple* (acht Teile, 07.02.1946 – 28.03.1946)
{Deutsche Fassungen: *Ein Fall für Paul Temple* (1951), *Paul Temple
und der Fall Valentine* (2021/22)}
In London wird der Drogenhandel von einem mysteriösen Unbekannten namens »Valentine« organisiert. Wer ist der geheimnisvolle Hintermann? Scotland Yard bittet Paul Temple um Hilfe.

20. *The Caspary Affair* (11.07.1946)
In einer Schweizer Privatklinik erzählt ein Schauspieler einem Arzt
von einem geheimnisvollen Mord, den Umständen, wie es dazu kam
und spricht über die Verdächtigen. Alles dreht sich um eine Schauspielerin, die einen reichen Adeligen heiratete …

21. *Paul Temple and the Gregory Affair* (acht Teile, 17.10.1946 –
19.12.1946)
{Deutsche Fassungen: *Paul Temple und die Affaire Gregory*
(1949/50), *Paul Temple und der Fall Gregory* (2014)}
Ein Mädchen verschwindet spurlos und wird vier Wochen später tot
aus der Themse gefischt. Sie wurde erwürgt. Bei ihr fand man die
Nachricht »Mit den besten Empfehlungen, Mr. Gregory«. Wer ist dieser Unbekannte? Temple ermittelt und bald geschehen weitere Morde.

22. *Paul Temple and Steve* (acht Teile, 30.03.1947 – 18.05.1947)
Der gefährliche Dr. Belasco hat seine Aktivitäten vom Kontinent nach
England verlegt. Der mysteriöse Unbekannte organisiert das Verbre-
chen und dem Königreich droht eine Kriminalitätswelle ohne Ausmaß.
Sir Graham von Scotland Yard bittet Paul Temple um Hilfe.

23. *Mr and Mrs Paul Temple* (21.11.1947)
{Deutsche Fassung: *Paul Temple und der Fall McRoy* (2021/22)}
Auf dem Bahnhof in Mailand treffen die Temples den ehemaligen
FBI-Mann McRoy. Dieser hat einen geheimnisvollen Koffer bei sich,
den er in die Schweiz bringen soll. Die gemeinsame Zugfahrt endet in
einer Katastrophe.

24. *Paul Temple and the Sullivan Mystery* (acht Teile, 01.12.1947
– 19.01.1948)

Die Temples wollen gerade zu einer Reise nach Kairo aufbrechen, als eine junge Frau bei ihnen auftaucht, und sie bittet, eine Brille – die ein gewisser Mr. Sullivan vergessen hat – mit in die ägyptische Hauptstadt zu nehmen. Von da an sind alle dahinter her und es gibt Tote.

25. *Paul Temple and the Curzon Case* (acht Teile, 07.12.1948 – 25.01.1949)
{Deutsche Fassung: *Paul Temple und der Fall Curzon* (1951/52)}
Zwei Schüler verschwinden auf dem Heimweg. Auch von einem ihrer Freunde fehlt jede Spur. Einziger Anhaltspunkt ist ein Cricketschläger, auf dem der Name »Curzon« steht. Sir Graham Forbes von Scotland Yard bittet Temple um Mithilfe.

26. *Johnny Washington Esquire* (acht in sich abgeschlossene Episoden, 12.08.1949 – 30.09.1949)
Ein frecher junger Amerikaner dreht in London den Spieß gegen Kriminelle im Stil von Robin Hood um, aber seine Methoden werden von Scotland Yard genau beobachtet und seine Opfer wollen ihn beseitigen.

27. *Paul Temple and the Madison Mystery* (acht Teile, 12.10.1949 – 30.11.1949)
{Deutsche Fassung: *Paul Temple und der Fall Madison* (1956)}
Auf dem Ozeandampfer aus New York lernen die Temples Sam Portland kennen. Dieser ist auf dem Weg nach Europa, um mehr über seine Herkunft herauszufinden. In London soll ihm ein Privatdetektiv namens Madison helfen. Doch Portland erreicht die Hauptstadt nicht und den Detektiv scheint es nicht zu geben.

28. *Paul Temple and the Vandyke Affair* (acht Teile, 30.10.1950 – 18.12.1950)
{Deutsche Fassung: *Paul Temple und der Fall Vandyke* (1953)}
Mary Desmond wendet sich verzweifelt an Temple: Als sie eines Abends nach Hause kam, waren sowohl ihr Baby als auch die Babysitterin spurlos verschwunden. Alles deutet auf einen mysteriösen Hintermann namens Vandyke hin. Bald gibt es eine Leiche.

29. *Paul Temple and the Jonathan Mystery* (acht Teile, 10.05.1951 – 28.06.1951)
{Deutsche Fassung: *Paul Temple und der Fall Jonathan* (1954)}
Auf dem Rückflug aus den USA lernt Temple die Fergusons kennen,

die ihren Sohn in England besuchen wollen. Doch dieser wird in seinem Studentenzimmer brutal ermordet und bis zur Unkenntlichkeit entstellt. Wichtige Spuren sind eine Ansichtskarte und ein Siegelring.

30. *Paul Temple and Steve Again* (08.04.1953)
{Deutsche Fassung: *Paul Temple und der Fall Westfield* (2021/22)}
Paul Temple ermittelt in einem unaufgeklärten Verbrechen. Zunächst stirbt ein Hehler in einem Londoner Hotel, dann führt die Spur nach Cornwall, wo ein Lokalpolitiker von einer Klippe stürzt.

31. *Paul Temple and the Gilbert Case* (acht Teile, 29.03.1954 – 17.05.1954)
{Deutsche Fassung: *Paul Temple und der Fall Gilbert* (1957)}
Brenda Sterling wurde ermordet. Diesmal steht anscheinend auch schon der Täter fest: ihr Freund Howard Gilbert. Dieser wurde bereits verurteilt und soll hingerichtet werden. Doch der Vater der Ermordeten hält ihn für unschuldig und bittet Temple, den Fall nochmals zu untersuchen.

32. *Paul Temple and the Lawrence Affair* (acht Teile, 11.04.1956 – 30.05.1956)
{Deutsche Fassung: *Paul Temple und der Fall Lawrence* (1958)}
Paul und Steve machen Urlaub an der Ostküste. Bei einer Bootsausfahrt wird von einer Klippe auf die beiden geschossen. Zwar kommen die Temples mit dem Schrecken davon, der Bootsführer hat allerdings weniger Glück und wird angeschossen. Als es ihm wieder besser geht, kommt er jedoch ums Leben. Der Tote hinterlässt Temple einen Brief mit einer Adresse: Clive Lawrence, Zermatt. Wer ist dieser Mann?

33. *Paul Temple and the Spencer Affair* (acht Teile, 13.11.1957 – 01.01.1958)
{Deutsche Fassung: *Paul Temple und der Fall Spencer* (1959)}
Wer ist Mr. Spencer? Sein Name fand sich auf einer Karte, die einer Schallplatte beigelegt war und die sich neben einer Leiche fand. Wer hat die Tochter eines Impresarios ermordet? Temple ermittelt.

34. *Paul Temple und der Fall Conrad* (acht Teile, 02.03.1959 – 20.04.1959)
{Deutsche Fassungen: *Paul Temple und der Fall Conrad* (1959/60), *Paul Temple und der Fall Conrad* (1961)}
Die Tochter eines prominenten Londoner Psychiaters verschwindet spurlos aus einem Eliteinternat in Bayern. Verschiedene mysteriöse

Vorfälle bringen Paul Temple dazu, sich des Falls anzunehmen. Was hat es mit ein paar geheimnisvollen Cocktailstäbchen auf sich?

35. *Paul Temple and the Margo Mystery* (acht Teile, 01.01.1961 – 16.02.1961)
{Deutsche Fassung: *Paul Temple und der Fall Margo* (1962)}
Die Bekanntschaft eines Amerikaners, die Temple auf der Heimreise aus den USA macht, steht am Beginn einer Verkettung geheimnisvoller Umstände, die mit Entführung und Mord enden.

36. *What Do You Think?* (12.09.1962)
{Deutsche Fassungen: *Zu viele Geständnisse* (1961), *Kaum zu glauben* (1961 (Schweiz) und 1962 (BRD)), *Der Fall Greenfield* (1962)}
Der erfolgreiche Kriminalschriftsteller Felix Layton neigt dazu, Tatsachen mit Ereignissen aus seinem neuen Roman zu verwechseln. So meldet er mehrere Morde, die sich jedoch nur in seiner Einbildung zugetragen haben zu scheinen. Doch dann passiert wirklich etwas.

37. *Paul Temple and the Geneva Mystery* (sechs Teile, 11.04.1964 – 16.05.1965)
{Deutsche Fassungen: *Paul Temple und der Fall Genf* (1966), *Paul Temple und der Fall in Genf* (1966, nur vier Teile)}
Ein reicher Londoner Verleger soll bei einem Autounfall in der Schweiz ums Leben gekommen sein. Mehrere Umstände deuten jedoch darauf hin, dass der Mann noch lebt. Die Temples, die ohnehin Urlaub in Genf machen wollten, nehmen sich des Falls an.

38. *La Boutique* (fünf Teile, 02.10.1967 – 16.10.1967)
{Deutsche Fassungen: *La Boutique* (1967, BRD), *La Boutique* (1968, Schweiz)}
»La Boutique« ist der schicke Londoner Kleiderladen von Eve, der Ex-Frau des international gefeierten Songwriters Lewis Bristol. Lewis kehrt mit wichtigen Informationen für seinen Bruder, Scotland-Yard-Inspektor Robert Bristol, aus Los Angeles nach London zurück, doch schon bald gibt es eine Leiche.

39. *Paul Temple and the Alex Affair* (acht Teile, 26.02.1968 – 21.03.1968)
Überarbeitete Fassung von *Send for Paul Temple Again* (1945)
{Deutsche Fassung: *Paul Temple und der Fall Alex* (1968)}
Eine Leiche in einem Zug, der an ein Abteilfenster gekritzelte Name »Alex« und eine Karte mit dem Namen »Mrs. Trevelyan« werden mit

weiteren Morden und denselben Namen in Verbindung gebracht. Der Fall führt Paul Temple in das Sprechzimmer eines Psychiaters, in ein Hafenviertel und in ein Hotel in Canterbury.

Die Durbridge-Edition
–Williams & Whiting –

Bei Williams & Whiting sind bisher fünfundzwanzig Bände von Francis Durbridge erschienen. Sämtliche Bücher enthalten eine umfassende Einleitung und ein Nachwort mit vielen Hintergrundinformationen zu Francis Durbridge, den jeweiligen Geschichten und den Produktionsumständen der Verfilmungen bzw. Vertonungen.

Band 1   FRANCIS DURBRIDGE
Stichtag für Harry
Paul Temple und der vorausgesagte Mord
Vorwort, Nachwort und Übersetzung: Dr. Georg Pagitz

Ein junger Mann namens Peter Gibson sucht Superintendent Max Christian in Scotland Yard auf. Er berichtet, dass er in einem Café in Hampstead arbeitet und ungewollt bei der Arbeit zwei Frauen belauscht hat. Diese sagten, dass ein gewisser Harry Sherwood den Sechzehnten des kommenden Monats nicht überleben würde. Christian geht der Sache nach, muss aber feststellen, dass nichts von dem, was Gibson erzählt hatte, stimmt. Es gibt weder das Café, noch einen Mann dieses Namens. Am Sechzehnten des darauffolgenden Monats wird jedoch in einem Wohnwagen eine Leiche gefunden. Der Täter hat sein Opfer erstochen. Als Superintendent Christian den Toten sieht, glaubt er seinen Augen nicht: Es handelt sich dabei um den angeblichen Peter Gibson, der in Wirklichkeit Harry Sherwood hieß ...

Durbridge schrieb diese Geschichte als Fortsetzungsroman im Jahr 1960. Sie blieb jedoch unveröffentlicht und erscheint nun erstmals posthum.

Der Autor versuchte die Story auch als Filmtreatment deutschen Produzenten anzubieten und schrieb sie später zur Episode für eine *Paul-Temple*-TV-Folge um. Dieses Szenarium ist in dem Buch als *Paul Temple und der vorausgesagte Mord* enthalten, den Abschluss bildet eine Abhandlung über Durbridge und die Temple-TV-Serie.

Band 2   FRANCIS DURBRIDGE
Schritt ins Dunkel
Drehbuch für einen deutschen Spielfilm
Vorwort, Nachwort und Übersetzung: Dr. Georg Pagitz

In Soho geht ein gefährlicher Mörder um, der Barmädchen mit einem Messer tötet. Scotland Yard steht vor einem Rätsel. Zur gleichen Zeit befindet sich der wohlhabende Immobilienmakler Mike Hilton in einer existentiellen Krise: Nach dem Tod seiner Tochter und schwierigen Phasen in seiner Ehe verlässt ihn seine Ehefrau Ruth. Nach einer Reifenpanne nahe eines berüchtigten Pubs in Soho lernt er die attraktive Selby Brooks kennen und verliebt sich in sie. Als er die junge Dame wenig später auf einem Hausboot besuchen will, findet er ihre Leiche. Mike Hilton gerät unter Mordverdacht. Zur Tatzeit half er einem kleinen Jungen dabei, dessen Papierdrachen aus einem Baum zu befreien. Doch dieses Alibi ist nichts wert, denn der Junge scheint spurlos verschwunden zu sein und gar nicht zu existieren. Gleichzeitig erfährt Mike von Scotland Yard, dass nichts von dem, was Selby ihm erzählt hatte, stimmte. Kann er sich aus dem Teufelskreis, in dem er sich befindet, befreien und den wahren Täter finden?

Die Hintergrundgeschichte zu diesem verschollenen Drehbuch ist ebenso spannend wie die Kriminalgeschichte selbst. Francis Durbridge verfasste das Skript 1961 und verkaufte es 1962 an einen deutschen Filmproduzenten. Letztlich wurde daraus der Spielfilm *Piccadilly null Uhr zwölf,* der bis auf vier Namen nichts mehr mit der Originalstory zu tun hatte. Im Vor- und Nachwort werden die Hintergründe analysiert und dank erst kürzlich aufgefundener Originalkorrespondenz von Francis Durbridge auch die Umstände und Gründe der Änderungen rekonstruiert.

Band 3   FRANCIS DURBRIDGE
Paul Temple muss her!
Ein Kriminalstück
Vorwort, Nachwort und Übersetzung: Dr. Georg Pagitz

Scotland Yard steht vor einem Rätsel. Eine gefährliche Verbrecherbande verunsichert London durch Kindesentführungen, Lösegelderpressungen und andererseits durch spektakuläre Juwelenraube. Die Ganoven operieren unter dem Namen »Die Schlagzeilenmänner«. Dies ist gleichzeitig der Titel des Romans einer unbekannten Autorin, deren Identität niemand kennt. Nachdem Sir Graham und seine Ermittler nicht weiter kommen, fordern die Zeitungen nach Unterstützung und titeln: »Paul Temple muss her!« Der erfolgreiche Kriminalschriftsteller und Privatermittler schaltet sich daraufhin ein und weiß bald, dass der große Hintermann ein Superverbrecher namens Max Lorraine ist. Aber wer der Verdächtigen versteckt sich hinter diesem Namen? Wer ist der gefährliche Schlagzeilenmann Nummer 1?

Dieses im Jahr 1943 in Birmingham uraufgeführte Theaterstück wurde seither nie mehr gespielt. Der Autor zeigt darin sein ganzes Können und liefert Drehungen, Wendungen und atemberaubende Cliffhanger im Minutentakt. Vier Personen sterben auf der Bühne, ebenso viele Leichen gibt es aus Erzählungen. Die *Birmingham Post* schrieb damals zur Uraufführung: »Leichen fallen aus Aufzügen, Schreie hallen durch die Nacht, aus einem unverdächtig aussehenden Grammophon kommen Schüsse und Blausäure findet ihren Weg in harmlose Whiskyfläschchen. Eigentlich haben wir A oder B als Täter verdächtigt, aber dann war es plötzlich X.« Bei dem Stück handelt es sich um eine geschickte Mischung aus Paul Temples ersten beiden Hörspielabenteuern.

Band 4   FRANCIS DURBRIDGE
Schöne Grüße von Mister Brix
Kriminalroman
Vorwort und Nachwort: Dr. Georg Pagitz

Geheimnisvolle und höchst mysteriöse Umstände haben den Ex-Inspektor Richard Grant und seine Frau Margret dazu veranlasst, vorübergehend wieder in den Dienst von Scotland Yard zu treten. In einem Fischerdorf namens Shorecombe war zuvor die Leiche einer gewissen Barbara Willis, Tochter eines feinen Londoner Hauses, aus dem Meer gezogen worden. Kurz darauf bekam ihr Verlobter Robert Brown eine Dia-mantenbrosche zugeschickt. Darauf stand: »Schöne Grüße von Mister Brix«. Wenig später finden die Grants in ihrer Garage eine weitere Leiche. Peggy Gillow, die in dem Fall undercover ermittelte, wurde erdrosselt. Auch ihr Vater bekam eine mysteriöse Karte von Mister Brix mit der gleichen sarkastischen Botschaft. Steckt hinter diesem Pseudonym jener gefährliche Ariman, dessen Fall Grant einst bearbeitete? Und wenn ja, wer von den zahllosen Verdäc-htigen ist dieser unheimliche Verbrecher?

Durbridge schrieb diesen Kriminalroman 1962 für den deutschen Markt. Er basiert auf dem legendären Hörspiel *Paul Temple und die Affäre Gregory* und erzählt dieses sehr werkgetreu nach, allerdings wurden die Charaktere umbenannt. Wer schon immer wissen wollte, worum es in diesem Fall geht und ihn in voller Länge erleben wollte, kann dies nun endlich tun.

Band 5   FRANCIS DURBRIDGE

Die gelbe Windmühle
Kriminalroman
Vorwort und Nachwort: Dr. Georg Pagitz

Susan Kelford, die vierjährige Tochter des reichen Sir Cedric Kelford, dem Präsidenten der Londoner Central Bank, wird entführt. Das Mädchen war gerade in einem Londoner Park, als eine kleine gelbe Spielzeugwindmühle ihre Aufmerksamkeit erregte und sie in die Hand ihres Entführers lockte. Dieser zerrte das Kind in seinen Wagen und suchte daraufhin rasch mit seinem Komplizen das Weite. Man fordert 10.000 Pfund Lösegeld von dem Multimillionär Kelford. Inspektor Houston von Scotland Yard macht drei Tage später eine grausige Entdeckung: Sein Sohn Dennis, der in Sir Cedrics Bank arbeitet, sitzt erschossen vor dem Fernsehgerät. In den Bildschirm ist eine gelbe Windmühle eingeritzt ...

Die gelbe Windmühle erschien 1954 als Fortsetzungsroman in England. Im Jahr 1965 verfasste Francis Durbridge eine eigene Fassung für den deutschen Markt, die hier erstmals als Buch vorliegt.

Band 6   FRANCIS DURBRIDGE

Mitten ins Herz
Der Mann, der das Quiz gewann
Paul Temple und die flüchtige Miss Helvin
Vorwort und Nachwort: Dr. Georg Pagitz

Gary Mason, der berühmteste und beliebteste Schauspieler Englands, wird auf dem Gelände eines Londoner Filmstudios erschossen. Wer ist der Täter? Und hatte er tatsächlich Mason als Ziel auserkoren oder war dieser Mord ein Versehen und er galt eigentlich der überaus attraktiven schwedischen Nachwuchsschauspielerin Karin Lund? Diese legt ein seltsames Verhalten an den Tag, vor allem als sie zwei Tage später dem Journalisten Michael Collins begegnet, der Augenzeuge der Tat wurde und sich danach um die junge Frau gekümmert hatte. Diesmal ignoriert Karin den Reporter und ist in Begleitung eines mysteriösen Fremden. Als Journalist Collins in der darauffolgenden Nacht von einem weiteren Mord berichten soll, ist er schockiert, als er in der Leiche Karin Lund wieder erkennt. Sie wurde erstochen ...

Mitten ins Herz wurde 1955 als *The Man Who Beat the Panel* in Großbritannien als Fortsetzungsroman veröffentlicht. Durbridge überarbeitete diese Fassung für den deutschen Markt im Jahr 1962, erweiterte und verbesserte sie um viele Handlungs-

172

stränge und machte aus einem Nicht-whodunit einen Whodunit. Später entwickelte er daraus auch ein Skript für die *Paul-Temple*-Fernsehserie namens *The Elusive Miss Helvin*, das aber nie Verwendung fand. In dieser Ausgabe sind neben der deutschen Romanfassung auch erstmals die Übersetzungen der britischen Fortsetzungsgeschichte und des Szenariums enthalten. Titel: *Der Mann, der das Quiz gewann* und *Paul Temple und die vorsichtige Miss Helvin*, beide übersetzt von Dr. Georg Pagitz.

Band 7   FRANCIS DURBRIDGE

Sie wussten zu viel
Das Gesicht der Carol West
Vorwort und Nachwort: Dr. Georg Pagitz

Victor Merton, der Geschäftsführer der Absteige *High Dive* in Belhampton, zieht beim morgendlichen Schwimmsport die Leiche eines jungen Mädchens aus dem Hotelpool. Julia Nagy, eine aus Ungarn stammende Angestellte und Mister Cooper, ein Privatgelehrter, werden Augenzeugen des Vorgangs. Ein Notizbuch der Toten führt zu einer gewissen Carol West. Außerdem findet sich darin die Telefonnummer von Scotland-Yard-Superintendent Christian Stiller, der die Tote allerdings nicht kannte. Stiller übernimmt die Ermittlungen. Immer wieder wird er in deren Verlauf von einem Anrufer mit sanfter Stimme gewarnt. Wenig später wird auf den Superintendent ein Überfall verübt, kurz darauf ein Anschlag in Scotland Yard. Alle Spuren führen erneut in die zwielichtige Absteige *High Dive* ...

Francis Durbridge hatte diesen Roman 1959 als Fortsetzungsroman für die Zeitschrift *News of the World* geschrieben. 1963 überarbeitete er diesen für den deutschen Markt unter dem Titel *Sie wussten zu viel*, führte viele neue Handlungsstränge und Figuren ein und baute die Geschichte erheblich aus. Dieses Ausgabe enthält erstmals beide Fassungen, die deutsche erweiterte Version und die davon erheblich abweichende Originalfassung, die von Dr. Georg Pagitz erstmals unter dem Titel *Das Gesicht der Carol West* ins Deutsche übertragen wurde. In einem Vor- und Nachwort des Übersetzers wird auf die Hintergründe eingegangen sowie auf Durbridges meisterliche Fähigkeiten, alte Stoffe wiederzuverwerten.

Band 8   FRANCIS DURBRIDGE

Paul Temple und der Fall Valentine
Skript für ein achtteiliges Hörspiel
Vorwort, Nachwort, Übersetzung: Dr. Georg Pagitz

London, 1946: Seit einigen Wochen wird das Westend von einer geheimnisvollen Selbstmordserie junger Frauen erschüttert. Scotland Yard ist ratlos und kann nur herausfinden, dass es wohl um Drogen und einen geheimnisvollen Hintermann namens »Valentine« geht. Für Sir Graham Forbes ist eines klar: Das ist ein Fall für Paul Temple! Der bekannte Detektiv und Schriftsteller ist zunächst jedoch gar nicht daran interessiert. Erst als eine junge Frau spurlos aus seinem Wagen verschwindet, lässt er sich doch überreden. Dann geht alles blitzschnell: Auf die Temples wird im eigenen Schlafzimmer ein Mordanschlag verübt, eine geheimnisvolle Botschaft führt Paul und Steve zu einem mysteriösen Kapitän in eine Kneipe am Fluss und schließlich findet sich eine deutliche Warnung von Valentine bei einer Leiche in einer Zahnarztpraxis. Es gibt zahllose Verdächtige und undurchsichtige Gestalten und der gefährliche Unbekannte schlägt immer wieder zu.

173

Dieses Buch beinhaltet das vom englischen Originalmanuskript übersetzte Temple-Abenteuer, das 2021/22 Grundlage für die neue Pidax-Hörspielproduktion Paul Temple und der Fall Valentine war. In einem Vor- und Nachwort des Übersetzers werden interessante Hintergrundinfos geliefert. Außerdem wird auf die unterschiedlichen Versionen, die im Laufe der Jahre von diesem Stoff entstanden sind, eingegangen.

Band 9   FRANCIS DURBRIDGE

Zwei Fälle für Paul Temple: McRoy/Westfield
Zwei einteilige Hörspiele
Vorwort, Nachwort, Übersetzung: Dr. Georg Pagitz

Der Fall McRoy: Paul Temple und Steve sind in Italien und befinden sich gerade auf der Weiterreise in die Schweiz, als sie auf dem Mailänder Bahnhof zufällig den Ex-Ermittler Harry McRoy treffen. Gemeinsam tritt man die Weiterfahrt an. Im Zug erzählt Harry von einem rätselhaften Auftrag und bittet Paul, einen Koffer mit geheimnisvollem Inhalt an Sir Graham Forbes zu überbringen, wenn ihm etwas zustoßen sollte. Ehe man Basel erreicht, überschlagen sich die Ereignisse und es gibt Tote …

Der Fall Westfield: Vor Jahren wurde aus dem Hause des Herzogs von Westfield Schmuck im Werte einer Dreiviertelmillion Pfund gestohlen. Es gab keine Spuren und Scotland Yard legte den Fall damals auf Eis. Paul Temple interessiert sich für die Sache, zumal es bald auch eine neue Spur zu geben scheint, als man in einem Londoner Hotel eine Leiche findet. Bei den Sachen des Toten werden ein Fahrschein für eine Fähre und ein Rezept eines gewissen Dr. Schumann gefunden. Temple geht der Sache nach …

Dieses Buch enthält die beiden Originalmanuskripte zu den 2021/22 neu produzierten Temple-Hörspielen von Pidax und HNYWOOD. In einem umfangreichen Vorwort werden die Hintergründe beleuchtet, zudem enthält dieser Band vollständige Stab- und Besetzungslisten sämtlicher Adaptionen und einige exemplarische Beispiele, wie im Fall McRoy dramaturgische Anpassungen vorgenommen wurden.

Band 10   FRANCIS DURBRIDGE

Paul Temple und der Fall Dr. Belasco
Skript für ein achtteiliges Hörspiel
Vorwort, Nachwort, Übersetzung: Dr. Georg Pagitz

Als Paul und Steve nach einem Tanzabend anlässlich Steves Geburtstag nach Hause kommen, werden sie schon von Sir Graham erwartet. Dieser hat Philip Kaufman von der Kopenhagener Polizei mitgebracht. Sie erklären, dass der berüchtigte Dr. Belasco seine Aktivitäten vom Kontinent nach England verlegt hat. Niemand kennt das Gesicht dieses gefährlichen Mannes, der das Verbrechen organisiert und für Schutzgelderpressungen aber auch Mord verantwortlich ist. Sir Graham und Kaufman bitten Temple um Hilfe. Bald schon soll der Kanadier Ross Morgan in England ankommen. Er ist ein Handlanger Dr. Belascos. Temple soll ihn im Auge behalten, doch dann gibt es einen unerwarteten Zwischenfall: Bei der Zugfahrt nach London kommt es zu einem Unfall und Morgan stirbt. Der Kanadier kann Temple jedoch noch einen wichtigen Hinweis geben. Bei seinen Sachen findet Temple ein Feuerzeug. Dieses ähnelt jenem, das Steve an ihrem Geburtstag irrtümlich von einem Mr. Nelson einge-steckt hat ...

Francis Durbridge verfasste *Paul Temple and Steve*, so der Originaltitel dieses in der Chronologie gesehenen achten Falls, im Jahr 1947. Dieser band enthält ein informatives Vorwort, einen Artikel über die Paul-Temple-Comic-Serie und Francis Durbridges für die Radio Times geschriebene Einleitung zu dem Fall.

Band 11   FRANCIS DURBRIDGE
Paul Temple und die Marquis-Morde
Kriminalroman
Vorwort, Nachwort, Übersetzung: Dr. Georg Pagitz

In London sorgt ein skrupelloser Mörder, der sich »Der Marquis« nennt, für Angst und Schrecken. Ein halbes Dutzend Personen – lauter renommierte Damen und Herren – musste schon ins Gras beißen und kein Ende ist in Sicht. Scotland Yard in Form von Sir Graham Forbes ist ratlos. Doch diesmal ist es nicht der Chefkommissar, der Paul Temple um Hilfe bittet, sondern das Innenministerium. Ein anonymer Brief des Marquis an Temple sorgt schließlich dafür, dass sich der schreibende Detektiv in die Ermittlungen einschaltet. Er trifft eine Privatdetektivin, die dem großen Unbe-kannten auf der Spur ist. Doch auch sie wird wenig später tot aus der Themse gezo-gen. Alle Spuren führen zu einem Ägyptologen namens Sir Felix Reybourn. Ist er der Marquis? Und wenn nicht, wer von den zahlreichen Verdächtigen ist es dann? Temp-le und seine Frau Steve setzen sich zahllosen Gefahren aus, ehe Paul den gefährli-chen Mörder endlich überführen kann ...

Dieser Krimi ist der letzte nicht übersetzte Paul-Temple-Roman und erscheint nun erstmals in deutscher Sprache – fast 80 Jahre nach seinem Entstehen! Ein pa-ckender, typischer Temple voller Cliffhanger, Drehungen und Wendungen, verdäch-tiger Figuren und natürlich mit der obligatorischen Cocktailparty. Das Buch enthält eine informative Einleitung und ein umfassendes Nachwort, in dem die multimediale Auswertung des Stoffs, der auf einem Durbridge-Hörspiel von 1942 beruht, beleuch-tet wird. 1952 entstand auch eine Verfilmung mit John Bentley und Christopher Lee.

Band 12   FRANCIS DURBRIDGE
Die Anhalterin
Kriminalroman
Vorwort, Nachwort, Übersetzung: Dr. Georg Pagitz

Der Spielwarenfabrikant David Walker nimmt in seinem eleganten Wagen eine hübsche junge Anhalterin namens Judy Clayton mit. Als das Benzin ausgeht, macht sich Walker zu Fuss auf den Weg zu einer Tankstelle. Als er zurückkommt, ist die junge Frau spurlos verschwunden. Einige Tage später taucht Kriminalinspektor Denson bei Walker auf und teilt ihm mit, dass Judy nur wenige Meter von der Stelle, an der David die Panne hatte, ermordet aufgefunden wurde. Zahlreiche Indizien deuten daraufhin, dass Walker die Frau schon länger kannte, obwohl dieser das bestreitet. Im Laufe der Ermittlungen gibt es weitere Tote und neben einem Lippen-stift spielen auch ein Schlüsselbund und eine Sofortbildkamera eine wichtige Rolle ...

Dieser Kriminalroman aus dem Jahr 1977 liegt erstmals in einer deutschen Übersetzung vor. Er basiert auf Francis Durbridges Originaldrehbuch zu dem 1971 gedrehten BBC-Dreiteiler *The Passenger*, der synchronisiert unter dem Titel *Die Spur mit dem Lippenstift* ausgestrahlt wurde. Im ausführlichen Vor- und Nachwort des Übersetzers wird auf die Entstehungsgeschichte eingegangen und auch erklärt, wieso 1971 in der BRD keine deutsche Verfilmung dieses Stoffs entstand. Auszüge aus Durbridge-Interviews, Hintergründe über die Miniserie und deren französische Adaption sowie ein 2015 geführtes, exklusives Interview mit dem Regisseur Michael Ferguson, der *The Passenger* inszenierte, runden diesen Band ab.

Band 13　　　　FRANCIS DURBRIDGE

Die Frau im Hintergrund
Kriminalroman

Vorwort, Nachwort, Übersetzung: Dr. Georg Pagitz

Torcombe, an der Küste von Cornwall. Der ehemals als Kriminalreporter in der Fleetstreet tätige Roy Burton hat sich hierher zurückgezogen, um an einem Buch zu arbeiten. Gemeinsam mit Hund Angus lebt er in einer einfachen Hütte an der Küste. Eines Tages nähert er sich bei einem Spaziergang einer verlassenen Zinnmine und wird niedergeschlagen. Als er wenig später erwacht, erzählt ihm eine gewisse Karen Silvers, dass er sich in der Mine befinde. Sie leitet dort ein geheimes wissenschaftliches Projekt der Regierung. Es geht um den Bau einer Atomrakete, die so stark ist, dass sie ganz London oder New York zerstören könnte. Die Wissenschaftlerin erklärt, dass die Arbeiter in der Mine allerdings nichts davon wissen oder nur soviel als nötig. In der Umgebung scheint sich der gefährliche Kriminelle Fabian Delouris zu befinden, der schon einen Mitarbeiter entführt hat. Gemeinsam mit gefährlichen deutschen Ex-Nazis will er die Rakete stehlen und damit die Weltherrschaft erlangen. Karen und ihr Vorgesetzter, Chefinspektor Leyland, bitten Roy daraufhin um seine Mithilfe bei der Bekämpfung der Organisation. Bald darauf werden auf Roy mehrere Mordversuche verübt und die Ehefrau und Tochter eines Pubbesitzers verschwinden spurlos. Alles deutet daraufhin, dass die kriminelle Organisation ihr Hauptquartier in einer verlassenen Abtei aufgebaut hat, zu der mehrere unterirdische Tunnel führen ...

Die Frau im Hintergrund stellt unter mehreren Gesichtspunkten eine Besonderheit dar und liegt erstmals in deutscher Übersetzung vor. So ist es der einzige Kriminalroman von Francis Durbridge, der nicht nach dem Whodunit-Muster gestrickt und in dem der Täter von Anfang an bekannt ist. Eine spannende Abenteuergeschichte, in der die beiden Protagonisten gegen eine gefährliche, aus brutalen Nazis bestehende Organisation kämpfen, die die Weltherrschaft mit einer Atomrakete erzwingen will. Weltherrschaftsphantasien bewegten damals die Welt. Eine für den Autor untypische, aber spannende Geschichte mit interessanten und überraschenden Wendungen. Das Buch enthält ein interessantes Vorwort mit Hintergrundinformationen. Im Anhang werden sämtliche Bücher und Kurzgeschichten von Francis Durbridge aufgelistet und dessen Wirken als Romanautor beleuchtet. Inhaltsangaben und weitere Infos zu allen Romanen und Kurzgeschichten runden diese Ausgabe ab.

Band 14   FRANCIS DURBRIDGE
Vorsicht vor Johnny Washington!
Kriminalroman
Vorwort, Nachwort, Übersetzung: Dr. Georg Pagitz

Johnny Washington ist ein junger amerikanischer Gentleman, der nach Kent gezogen ist, um das Leben zu genießen. Eigentlich will er nur dem süßen Nichtstun nachgehen und seine Zeit mit Fischen verbringen, doch eine Serie von Verbrechen ruft ihn auf den Plan. Eine Bande Krimineller verübt diese nämlich unter seinem Namen und lässt am Tatort Visitenkarten mit dem Aufdruck »Mit besten Grüßen von Johnny Washington« zurück. Das kann der Amerikaner nicht auf sich sitzen lassen. Die Zeitungsreporterin Verity Glyn ermutigt Johnny dazu, sich auf den Fall zu stürzen. Gemeinsam mit dem geheimnisvollen Horatio Quince, einem pensionierten Lehrer, jagt er den mysteriösen Hintermann, der die Morde und Verbrechen organisiert und der sich hinter dem Decknamen »Grauer Elch« versteckt.

Dies ist der letzte nicht auf Deutsch übersetzte Roman von Francis Durbridge. Die Geschichte hat der Autor von seinem ersten Temple-Abenteuer entlehnt und sie überarbeitet. Neuer Protagonist ist Johnny Washington, der Held einer seiner Radioserien.

Band 15   FRANCIS DURBRIDGE
Zwanzig Minuten von Rom
Drehbuch für einen Fernsehkriminalfilm
Vorwort, Nachwort, Übersetzung: Dr. Georg Pagitz

Zwanzig Minuten von Rom entfernt liegt der Ort Tolero. Welche Rolle spielt er in einem mysteriösen Fall, in den der Wissenschaftler Geoffrey Ryder verwickelt ist? Der Mann steht unter Mordverdacht und besteht darauf, Alan Quinton vom MI5 zu sprechen. Nur ihm will er seine ganze Geschichte erzählen. Den Mann, den er ermordet haben soll, Walter Smedley, lernte er in einem teuren Pariser Nachtclub kennen. Er half ihm dort aus der Bredouille, woraufhin Smedley ihm anbot, während seiner eigenen Abwesenheit in seiner Londoner Wohnung unterzukommen. Ryder nimmt dankend an. Das ist der Beginn einiger mysteriöser Ereignisse. Welche Rolle spielt das goldene Zigarettenetui, das Smedley unbedingt wiederhaben will? Und warum befanden sich auf einem Mikrofilm Fotos von einer Fahrkarte für den Schlafwagen nach Rom und eine Aufnahme einer Landkarte, auf der der Ort Tolero eingezeichnet ist und auf der oberhalb handschriftlich die Notiz »Zwanzig Minuten von Rom« gemacht wurde?

Dieses unverfilmte Drehbuch stammt aus dem Jahr 1954. Es handelt sich dabei um eine ganz typische Francis-Durbridge-Geschichte mit jeder Menge Verwirrungen. Der Autor beweist hier, dass er nicht nur serielles Erzählen beherrscht, sondern auch innerhalb eines 90-Minuten-Films sein Publikum ganz schön raffiniert verwirren kann. Als übliche Zutaten gibt es einige überraschende Wendungen und die üblichen mysteriösen Gegenstände, wie ein goldenes Zigarettenetui und einen Mikrofilm, auf dem sich unerklärliche Fotografien befinden.

Band 16   FRANCIS DURBRIDGE
Das zerbrochene Hufeisen
Drehbuch für einen sechsteiligen Kriminalfilm
Vorwort, Nachwort, Übersetzung: Dr. Georg Pagitz

Dr. Mark Fenton behandelt im Londoner St. Matthews' Krankenhaus einen Mann namens Charles Constance. Er wurde bei einem Autounfall schwer verletzt, der Lenker beging Fahrerflucht. Constance liegt noch im Koma, als plötzlich eine gewisse Miss Freeman bei Fenton auftaucht, die sich für den Gesundheitszustand des Opfers interessiert. Als Constance erwacht, behauptet er, diese Frau nicht zu kennen. Noch erstaunter ist er über das zerbrochene Hufeisen, das sich auf einem Blumengesteck befindet, das sie ihm mitgebracht hat. Als der Mann wenig später entlassen wird und nicht zur Kontrolluntersuchung erscheint, stellt Fenton einen Brief zu, den Constance bei ihm hinterlassen hat. Dabei entdeckt er in einem Appartement die Leiche von Mr. Constance. Auf dem Spiegel befindet sich ein gemaltes zerbrochenes Hufeisen.

Mit dem Drehbuch zu diesem Sechsteiler legte Francis Durbridge 1952 den Grundstein als erfolgreicher Fernsehkrimiautor. Es war die erste von insgesamt zwanzig mehrteiligen Serien für die BBC, elf davon wurden auch in Deutschland verfilmt. *Das zerbrochene Hufeisen* war nicht darunter und erlebt somit seine deutschsprachige Premiere.

Band 17   FRANCIS DURBRIDGE
Operation Diplomat
Drehbuch für einen sechsteiligen Kriminalfilm
Vorwort, Nachwort, Übersetzung: Dr. Georg Pagitz

Der renommierte Arzt Dr. Mark Fenton wird von einer Unbekannten gebeten, einen Patienten zu behandeln. Fenton steigt in einen Krankenwagen ein und stellt fest, dass der Wagen leer ist. Ein weiterer Mann mit Pistole sitzt darin und erklärt, es handle sich um eine wichtige Operation. Die Reise, die Fenton in dem verdunkelten Wagen absolviert, dauert mehrere Stunden. Er wird in eine mysteriöse Villa gebracht wird. Dort ist in einem Raum ein Operationssaal aufgebaut worden und ein Deutscher namens Schröder erklärt, dass ein kranker Mann dringend operiert werden müsse. Es handelt sich dabei um den bekannten Diplomaten Sir Oliver Peters, der seit einiger Zeit spurlos verschwunden ist. Der Patient spricht im Fieber von einem »Goldenen Tal«. Assistiert wird Fenton von einer bildhübschen Krankenschwester. Nach der erfolgreichen Operation verliert er das Bewusstsein.

Operation Diplomat hat Durbridges ersten TV-Serienhelden zum Protagonisten, den Mediziner Dr. Mark Fenton, der bereits in *Das zerbrochene Hufeisen* ermittelte. Das Drehbuch entstand 1952 für einen Sechsteiler der BBC, der wie alle anderen Krimis von Francis Durbridge zum Straßenfeger avancierte.

Band 18   FRANCIS DURBRIDGE
Die Teckman-Biographie
Drehbuch für einen sechsteiligen Kriminalfilm
Vorwort, Nachwort, Übersetzung: Dr. Georg Pagitz

Philip Chance, ein junger Schriftsteller erhält einen interessanten Auftrag: Er soll eine Story über Martin Teckman schreiben. Dieser junge Testpilot ist angeblich bei der Erprobung eines neuen Flugzeugmodells verunglückt. Bei seinen Nachforschungen lernt Philip die Schwester Teckmans kennen, die junge und besonders attraktive Helen. Von da an ereignen sich seltsame Dinge, die darauf schließen lassen, dass sich irgendjemand von Teckmans Nachforschungen enorm gestört fühlt. Nicht nur, dass Gangster in seine Wohnung einbrechen, wenig später wird dort auch ein Mann ermordet aufgefunden. Es handelt sich dabei um den Konstrukteur des Versuchsflugzeugs, Mr. Garvin. Wenig später kommt es zu einem weiteren Mord: Ein Informant, der wichtige Informationen beschaffen wollte, wird ebenso von dem großen Unbekannten beseitigt ...

Die Teckman-Biographie erscheint erstmals auf Deutsch und ist die Übersetzung des gleichnamigen Drehbuchs von Francis Durbridge zu dessen drittem Fernsehmehrteiler. Neben einem interessanten Vor- und Nachwort, in dem auch auf den Kinofilm eingegangen wird, enthält das Buch außerdem ein exklusives Interview mit Alvin Rakoff, der den Mehrteiler 1953/54 im Alter von nur 26 Jahren inszenierte.

Band 19   FRANCIS DURBRIDGE
Paul Temple und der Fall Z.4
Skript für ein sechsteiliges Hörspiel
Vorwort, Nachwort, Übersetzung: Dr. Georg Pagitz

Paul Temple schreibt für die bekannte Schriftstellerin Iris Archer ein Theaterstück. Wenige Tage vor der Aufführung des Stücks tritt Iris von der Rolle zurück. Als sich Paul und Steve nach Schottland begeben, um dort Urlaub zu machen, sind beide überrascht, dort auch Iris anzutreffen. Hat ihr plötzliches Auftauchen etwas mit dem geheimnisvollen Brief zu tun, den ein aufgeregter junger Mann Paul Temple übergeben hat, mit der ausdrücklichen Anweisung, ihn John Richmond zu übergeben? Was hat der rätselhafte Dr. Steiner mit den Ereignissen zu tun? Und wer verbirgt sich hinter dem Codenamen Z.4? Auch im Urlaub ist Temple auf der Spur einer geheimnisvollen Spionageorganisation, die vor Mord nicht zurückschreckt.

News of Paul Temple, so der Originaltitel dieses Hörspiels, wurde 1939 ausgestrahlt. Das Manuskript dazu galt lange als verschollen, kann nun jedoch erstmals mit vielen Hintergrundinformationen auf Deutsch veröffentlicht werden.

Band 20   FRANCIS DURBRIDGE
Paul Temple und der Fall Sullivan
Skript für ein achtteiliges Hörspiel
Vorwort, Nachwort, Übersetzung: Dr. Georg Pagitz

Joyce Raymond wendet sich mit einer Bitte an Paul Temple, der gerade nach Kairo reisen will. Er möchte doch einem Mann namens Richard Sullivan, der dort bei einer Ölgesellschaft arbeitet, seine Brille mitzunehmen, die er bei ihr vergessen hat. Temple will der jungen hübschen Dame diesen Gefallen gerne tun und akzeptiert. In Plymouth, wo die Temples am nächsten Tag übernachten, erfährt der Kriminalschriftsteller schließlich, dass Miss Raymond ermordet wurde. Nicht genug damit, auch im Nebenzimmer der Temples findet sich eine Leiche. Von da an bemühen sich

179

alle Personen, die den Temples auf der Reise nach Kairo über Süditalien begegnen um die mysteriöse Brille, an der allerdings von der Polizei nichts Seltsames festgestellt werden kann ...

Dieses spannende Originalmanuskript erscheint erstmals auf Deutsch und stammt aus dem Jahr 1947. Die BBC-Aufnahmen aus den Jahren 1947/48 existieren nicht mehr, weshalb der britische Sender 2006 ein Remake produzierte. *Paul Temple und der Fall Sullivan* führt die Temple-Fangemeinde weit weg von der Themse: Durbridge beweist, dass seine Storys auch in Süditalien und Ägypten bestens funktionieren.

Band 21   FRANCIS DURBRIDGE

Das Messer
Drehbuch für einen dreiteiligen Kriminalfilm
Vorwort und Nachwort: Dr. Georg Pagitz

Spezialagent Jim Ellis soll den Mord an einer Mitarbeiterin des Secret Service aus Hongkong klären, deren Leiche in einem walisischen Ort aufgefunden wurde. Alle Spuren führen in das Hotel Ivanhoe, das einer gewissen Mrs. Corby gehört. Dort hat die Ermordete zuletzt gelebt. Ellis bekommt es mit einer Vielzahl von Verdächtigen und einem Mörder zu tun, der für seine Taten einen chinesischen Dolch verwendet...

Diese Ausgabe gibt das Originaldrehbuch zu dem legendären deutschen Krimimehrteiler *Das Messer* von 1971 wider, den Rolf von Sydow mit Hardy Krüger in der Titelrolle inszenierte. Die Edition enthält außerdem ein umfangreiches Vor- und Nachwort, in dem erstmals die Produktionsgeschichte dieses Straßenfegers erzählt wird.

Band 22   FRANCIS DURBRIDGE

Tim Frazer und das Rätsel von Melynfforest
Drehbuch für einen sechsteiligen Kriminalfilm
Vorwort, Nachwort, Übersetzung: Dr. Georg Pagitz

Tim Frazer erhält einen neuen Auftrag. Dieser führt ihn in das beschauliche Melynfforest in Wales, wo die Polizei den Mord an Elaine Bradford untersucht. Charles Ross informiert seinen Mitarbeiter zunächst darüber, dass die Ermordete eigentlich Thackeray hieß und für seine Auslandsabteilung in Hongkong arbeitete. Aber was tat sie in Wales und warum wurde sie ermordet? Die Spuren führen in ein Hotel namens St. Bride. Elaine Bradford (oder besser gesagt: Miss Thackery) verbrachte dort die letzten Tage ihres Urlaubs. Im Verlauf der Ermittlungen spielen ein Brieföffner, ein walisisches Volkslied und ein verschwundener deutscher Wissenschafter namens Kurt Lander eine wesentliche Rolle. Die meisten Verdächtigen sind außerdem im Umkreis von Mrs. Chrichtons Hotel zu finden.

Dieses Buch enthält erstmals in deutscher Übersetzung das Drehbuch zum dritten Tim-Frazer-Abenteuer, das zwar in England, aber nicht in der BRD produziert wurde. Francis Durbridge überarbeitete den Stoff erheblich, änderte Figuren und Ende und machte daraus den 1971 gedrehten Krimiklassiker *Das Messer*. Dank der vorliegenden Ausgabe können Fans erstmals die Urfassung mit der deutschen Variante vergleichen. Das Buch enthält ein informatives Vor- und Nachwort sowie als

Bonus das von Durbridge für das Kino geschriebene, unverfilmte Treatment *Tim Frazer und die Melvin-Affäre.*

Band 23   FRANCIS DURBRIDGE
Porträt von Alison
Kriminalroman
Vorwort, Nachwort, Übersetzung: Dr. Georg Pagitz

Der Bruder des renommierten Kunstmalers Greg Forrester verunglückt bei einem Autounfall in Italien tödlich. Auch seine Beifahrerin, die bildhübsche Schauspielerin Alison Ford überlebt das Unglück nicht. Wenig später erscheint ihr Vater in Gregs Atelier und bittet den Maler, ein Gemälde von Alison anzufertigen. Von da an überschlagen sich die Ereignisse: Das Modell Jill Stewart wird erwürgt im Kleid der verunglückten Alison in Gregs Wohnung aufgefunden. Der Maler gilt daraufhin als Hauptverdächtiger und befindet sich in einem Teufelskreis. Im Laufe des Falls spielen eine mysteriöse Postkarte, eine Weinflasche und ein Name eine wesentliche Rolle.

Dieser Kriminalroman aus dem Jahr 1962 basiert auf einem sechsteiligen Fernsehkrimi von Francis Durbridge aus dem Jahr 1955, der auch für das Kino verfilmt wurde. Erstmals erscheint das Buch, das zuletzt 1967 auf Deutsch aufgelegt wurde, in einer ungekürzten Neuübersetzung mit zahlreichen Hintergrundinformationen und einem Vergleich mit Fernsehspiel und Kinofilm.

Band 24   FRANCIS DURBRIDGE
Mein Freund Charles
Kriminalroman
Vorwort, Nachwort, Übersetzung: Dr. Georg Pagitz

Der renommierte Arzt Dr. Howard Latimer erhält einen Anruf von seinem Freund Charles Kaufmann. Der Filmproduzent bittet den Mediziner, eine deutsche Schauspielerin namens Frieda Veldon vom Flughafen abzuholen. Das ist der Beginn eines Teufelskreises, in den sich Latimer immer tiefer verstrickt. Wenig später wird die Darstellerin ermordet in seiner Wohnung aufgefunden. Erschlagen wurde sie mit einem bronzenen Kerzenhalter, der sich ausgerechnet in Latimers Wagen findet. Dann stellt sich heraus: Charles Kaufmann hat nie angerufen und der einzige Zeuge, der Latimer entlasten könnte, scheint nicht zu existieren …

Dieser Kriminalroman aus dem Jahr 1963 basiert auf einem sechsteiligen Fernsehkrimi von Francis Durbridge aus dem Jahr 1956, der 1957 auch für das Kino unter dem Titel *Interpol ruft Berlin* verfilmt wurde. Erstmals erscheint das Buch, das zuletzt 1967 auf Deutsch aufgelegt wurde in einer ungekürzten Neuübersetzung mit zahlreichen Hintergrundinformationen. Wer die Kunstfertigkeit von Francis Durbridge kennenlernen oder verstehen will, dem sei die Lektüre dieses Krimis ans Herz gelegt. *Mein Freund Charles* ist der Inbegriff dessen, was den britischen Autor ausmacht: Überraschungen im Minutentakt, ständige Drehungen und Wendungen und ein Protagonist in einem Teufelskreis. Wahrscheinlich Durbridges bester Roman!

Band 25   FRANCIS DURBRIDGE

Dreimal Tod im Radio:
Mord in der Botschaft –
Mr. Lucas – Die Caspary-Affäre
Originalhörspielmanuskripte

Vorwort, Nachwort, Übersetzung: Dr. Georg Pagitz

Mord in der Botschaft: In der Botschaft von Westovia geschieht in der Bibliothek während eines Balls ein Mord. Opfer ist General Rostard, der Premierminister und Dikator des mit Falkenstein verfeindeten Landes. Einige der Ballgäste hätten einen guten Grund gehabt, den Mann zu töten. Ein Mitarbeiter des Außenministeriums glaubt die Wahrheit zu kennen …

Mr. Lucas: In England treibt ein berüchtigter Hehler sein Unwesen, dessen Gesicht niemand kennt. Scotland Yard hat herausgefunden, dass ein Mittelsmann namens Sterne ihm eine wertvolle Kette überbringen sollte. Der Ganove wird geschnappt und Inspektor Crawley übernimmt dessen Part. Er weiß nur, dass er sich unter der Identität eines Mr. Lucas in einen Zug setzen und darauf warten soll, dass man ihn kontaktiert.

Die Caspary-Affäre: In einem Sanatorium in der Schweiz erzählt der Schauspieler Samuel Brent seinem Arzt die Geschichte von einer tödlichen Affäre. Darin involviert sind sein Freund Sir Edward, eine Schauspielerin und ein Pianist. Wer von den zahlreichen auftretenden Personen wird wen am Ende töten? Und warum?

Dieser 25. Band der Durbridge-Edition von Williams & Whiting enthält die Hörspielmanuskripte zu drei spannenden Whodunits aus den Jahren 1937, 1945 und 1946 erstmals in deutscher Übersetzung. *Mord in der Botschaft* ist der älteste erhaltene Durbridge-Krimi überhaupt, der Autor war beim Abfassen erst 24 Jahre alt.

Das Buch enthält neben einem ausführlichen Vorwort auch eine umfangreiche Übersicht über sämtliche Hörspielkrimis von Francis Durbridge.

+ +

DEMNÄCHST

+ +

Band 26   FRANCIS DURBRIDGE

Ein Fall für Sexton Blake
Skript für ein sechsteiliges Hörspiel

Vorwort, Nachwort, Übersetzung: Dr. Georg Pagitz

Im abgelegenen Schloss Saint Marguerite auf einer einsamen Insel im See geht der Schrecken um: Der Mann mit der eisernen Maske, das Familiengespenst der Familie Marthioly, scheint wieder auferstanden zu sein. Ein Mitglied der Marthiolys wurde bereits getötet. Meisterdetektiv Sexton Blake wird vom Neffen des Ermordeten um Hilfe begeben. Blake und sein Assistent Tinker machen interessante Entdeckungen wie beispielsweise einen unterirdischen Geheimgang. Bald stehen sie auch dem

182

gefährlichen Mann mit der eisernen Maske gegenüber ...

Sexton Blake war im englischsprachigen Raum einer der populärsten Detektive. Er entstand im Fahrwasser von Sherlock Holmes und erlebte über beinahe 100 Jahre seine Abenteuer, die von den verschiedensten Autoren verfasst wurden. 1940 schrieb Francis Durbridge diese sechsteilige Radioserie mit dem beliebten Protagonisten und vereinte dort seine typischen Drehungen und Wendungen mit einem gelungenen Whodunit, der in vielen Aspekten an sein großes Vorbild Edgar Wallace erinnert - wie beispielsweise ein abgelegenes Schloss, unterirdische Geheimgänge, ein maskierter Mörder, eine geheimnisvolle Melodie oder eine brennende Windmühle ...

Band 27   FRANCIS DURBRIDGE
Der Tod kommt ins Hibiscus
Kriminalstück
Vorwort, Nachwort, Übersetzung: Dr. Georg Pagitz

Der Nachtclub *Hibiscus* im Londoner West End steht unter der neuen Leitung von Hugo Bismarck und Amanda Smith. Hugo beschließt als erstes, das Lokal von den bisherigen Schwarzmarktgeschäften zu befreien. Dies führt zu Morden und jeder Menge Chaos und der Erkenntnis, dass im Hibiscus nicht alles so ist, wie es auf den ersten Blick zu sein scheint.

Dieses Theaterstück aus dem Jahren 1942/43 wurde nie aufgeführt und war neben *Paul Temple muss her!* Durbridges frühestes Bühnenwerk. Der Brite wollte Zeit seines Lebens für die Bretter, die die Welt bedeuten, schreiben, avancierte aber erst in seiner späten Schaffensphase zum erfolgreichen Dramatiker.

Der Tod kommt ins Hibiscus basiert auf einem zwölfteiligen Radiokrimi der BBC, erfuhr jedoch zahlreiche Änderungen im Plot. Durbridge verfasste das Stück unter dem Pseudonym Nicholas Vane. Als Co-Autor agierte der vielseitige Regisseur, BBC-Produzent und Schriftsteller Val Gielgud.

Band 28   FRANCIS DURBRIDGE
Paul Temple: Mord in Serie
Drehbücher und Manuskripte für die TV-Serie
Vorwort, Nachwort, Übersetzung: Dr. Georg Pagitz

Die BBC produzierte (später in Koproduktion mit Taunus-Film München) zwischen 1969 und 1971 52 Folgen der Fernsehserie *Paul Temple*, in der Francis Matthews die Titelrolle spielte. Keine der Geschichten (mit einer Ausnahme) stammte jedoch von Francis Durbridge, obwohl in der Anfangsphase geplant war, dass der Autor auch Drehbücher dazu abliefern sollte. Nachdem die von ihm vorgesehenen Pilotfolgen nicht verfilmt wurden, zog sich der Brite als Autor der Serie zurück.

Dieser Band enthält erstmals die beiden Drehbücher *Die Kelby-Affäre* und *Der Harkdale-Raub* sowie die drei Treatments *Die vorsichtige Miss Helvin, Der vorausgesagte Mord* und *Der Fall Calcary* inklusive umfassender Hintergrundinformationen.

www.williamsandwhiting.com

www.ingramcontent.com/pod-product-compliance
Lightning Source LLC
Chambersburg PA
CBHW030336030726
47499CB00003B/794